Μια συλλογή από φανταστικές ιστορίες
6 διαφορετικές ιστορίες

Translated to Greek from the English version of A Collection of Fictional Stories

Renuka KP

Ukiyoto Publishing

Όλα τα παγκόσμια δικαιώματα δημοσίευσης κατέχονται από

Ukiyoto Publishing

Δημοσιεύθηκε το 2024

Περιεχόμενο Πνευματικά δικαιώματα © Renuka.KP

ISBN 9789364947084

Με την επιφύλαξη παντός δικαιώματος.
Κανένα μέρος αυτής της έκδοσης δεν επιτρέπεται να αναπαραχθεί, να μεταδοθεί ή να αποθηκευτεί σε σύστημα ανάκτησης, σε οποιαδήποτε μορφή, με οποιοδήποτε μέσο, ηλεκτρονικό, μηχανικό, φωτοτυπικό, ηχογραφημένο ή άλλο, χωρίς την προηγούμενη άδεια του εκδότη.

Τα ηθικά δικαιώματα του συγγραφέα έχουν διεκδικήσει.

Αυτό είναι ένα έργο μυθοπλασίας. Ονόματα, χαρακτήρες, επιχειρήσεις, μέρη, γεγονότα, τοποθεσίες και περιστατικά είναι είτε προϊόντα της φαντασίας του συγγραφέα είτε χρησιμοποιούνται με πλασματικό τρόπο. Οποιαδήποτε ομοιότητα με πραγματικά πρόσωπα, ζωντανά ή νεκρά, ή πραγματικά γεγονότα είναι καθαρά συμπτωματική.

Αυτό το βιβλίο πωλείται υπό την προϋπόθεση ότι δεν θα δανειστεί, δεν θα μεταπωληθεί, θα εκμισθωθεί ή θα διανεμηθεί με άλλο τρόπο, χωρίς την προηγούμενη συγκατάθεση του εκδότη, με οποιαδήποτε μορφή δεσμευτικού ή εξωφύλλου εκτός από αυτό στο οποίο βρίσκεται, ως εμπορικό ή άλλο τρόπο. δημοσιευμένο.

www.ukiyoto.com

στις αγαπημένες αναμνήσεις των γονιών μου

Περιεχόμενα

Οι Θυσίες μιας Μητέρας	1
Μια παλιά ιστορία υπηρεσίας	8
Η Νυχτερινή Βροχή	13
Το πένθος μιας κυρίας	17
Έρχεται σπίτι	21
Το κατακόκκινο της ξεθώριασε	25
Σχετικά με τον συγγραφέα	53

Οι Θυσίες μιας Μητέρας

Ήταν οκτώ η ώρα το πρωί όταν η Έιμι άκουσε τον ήχο της πύλης που ανοίγει, έτρεξε και άνοιξε την πόρτα. Σάτι, ερχόταν ο υπηρέτης.

«Μαμά, ήρθε η θεία Σάτι», φώναξε στη μητέρα της.

Ο Σάτι μπήκε στην πύλη, περπάτησε από την πλευρά του σπιτιού και πήγε στη βεράντα πίσω. Μετά άνοιξε το πλαστικό κάλυμμα στο χέρι της, πήρε κάτι και το τοποθέτησε εκεί. Αργότερα κοίταξε μέσα και φώναξε.

«Κύριε, είμαι εδώ!» Η Σάτι ενημέρωσε την παρουσία της.

Είδα, «Έλα μέσα», απάντησε η μητέρα της Έιμι. Η μαμά είναι απασχολημένη στην κουζίνα προετοιμάζοντας το πρωινό.

Η Σάτι είναι περίπου 65 ετών. Είναι μια υγιής γυναίκα με ελαφρώς λευκή επιδερμίδα και χαρούμενη έκφραση. Πηγαίνει στη δουλειά κάθε μέρα, δουλεύει σκληρά και προσπαθεί να τα βγάλει πέρα. Η μητέρα της Έιμι τηλεφωνεί περιστασιακά στη Σάτι για να καθαρίσει την αυλή και τη γύρω περιοχή κ.λπ.

Έβγαλε ένα παλιό σάρι και το δρεπάνι από το πλαστικό της κάλυμμα. Αφού φόρεσε ένα σάρι, φόρεσε ένα παλιό πουκάμισο από πάνω και έδεσε ένα πανί γύρω από το κεφάλι της που κάλυπτε τα μαλλιά της.

«Η μικρή μου με άφησε στο σκούτερ στη στάση του λεωφορείου. Γι' αυτό έφτασα νωρίτερα», είπε.

Η μητέρα της Έιμι είχε ήδη φέρει ένα αχνιστό ποτήρι τσάι, πουτίγκα και μπανάνα.

«Απλά πιες λίγο τσάι και ξεκίνα με τη δουλειά», είπε.

Η Σάτι κάθισε στη βεράντα για να πιει τσάι. Πήρε τη μπανάνα, την τύλιξε στο πλαστικό της κάλυμμα και την κράτησε ασφαλή. Έπειτα έριξε το τσάι και έφαγε την πουτίγκα. Η μητέρα της πήγε στην κουζίνα προσποιούμενη ότι δεν το είδε. Η Σάτι πήγε στην αυλή μετά το τσάι και άρχισε να δουλεύει. Είναι πολύ ειλικρινής στη δουλειά της και δεν χρειάζεται να πούμε κάτι για αυτό.

Εν τω μεταξύ, η Έιμι βγήκε στην αυλή μετά το μπάνιο και το τσάι.

«Πού ήταν το μωρό μου;»

«Σε έψαχνα». Η Σάτι φώναξε την Έιμι.

«Κάνοντας ένα μπάνιο, ας μαζέψουμε το γρασίδι, νιώθω καλά».

Αφού το είπε αυτό, άρχισε να μαζεύει το γρασίδι.

«Όχι, η μαμά σου θα με μαλώσει αν δει. Απομακρυνθείτε. Άλλωστε αυτό θα σου χαλάσει το φόρεμα και τα χέρια, μόλις έκανες μπάνιο και ήρθες».

«Θα σε λερώσει το χώμα;» αναφώνησε η Έιμι.

«Δεν είναι αυτή η δουλειά μου, Amy μωρό μου; Αυτό κάνω. Χρειάζομαι χρήματα για να ζήσω». απάντησε ο Σάτι.

«Τότε ο πατέρας και η μητέρα μου έχουν χρήματα;» ρώτησε η Έιμι με περιέργεια.

«Έχουν κυβερνητικές δουλειές. η κυβέρνηση θα τους πληρώσει».

Στο μεταξύ, ο Σάτι άρχισε να κουρεύει το γκαζόν και να ασχολείται με την κηπουρική. Έιμι

περπάτησε μαζί της.

«Μπορεί να υπάρχουν φίδια στο γρασίδι, απομακρυνθείτε». Η Σάτι την ανάγκασε να μετακινηθεί από το έδαφος.

«Τότε δεν φοβάσαι;». Η Έιμι έδειξε την αμφιβολία της.

"Έχω τον φόβο μου. Αλλά αυτός που δεν έχει χρήματα θα πεθάνει από την πείνα από φόβο και αηδία. Δεν είχα σπουδάσει επομένως καμία δουλειά γραφείου. Οι γονείς σου πήγαν να σπουδάσουν στο κολέγιο και έπιασαν δουλειά». Η Σάτι αποκάλυψε την αδυναμία της με απόγνωση.

Γιατί δεν έμαθες;

«Δεν χρειαζόμαστε μετρητά για να σπουδάσουμε στο κολέγιο; Είμαστε φτωχοί μωρό μου». απάντησε ο Σάτι.

Μέσα στις συζητήσεις, το κατάφυτο γρασίδι κόβεται από αυτήν χωρίς να σταματήσει.

"Ποια είναι τα μεγάλα νέα εδώ;" Η μητέρα της Έιμι βγήκε από την κουζίνα και τη διέκοψε.

«Ζητά να συνεργαστεί μαζί μου.» απάντησε ο Σάτι.

«Όχι Έιμι, πλύνε τα χέρια και τα πόδια σου και πήγαινε μέσα. Η μητέρα την ανάγκασε να πάει μέσα.

Η Έιμι περιπλανιέται εδώ κι εκεί μαζεύοντας μερικά φρούτα και λουλούδια την αγκαλιά της από το έδαφος. Η Σάτι άρχισε πάλι να μιλάει.

«Δούλευα στο σπίτι της Thressya madam (μιας από τις εργοδότες της) την περασμένη Κυριακή. Μου είπε ένα σημαντικό πράγμα ότι όλοι οι ηλικιωμένοι θα πάρουν την ίδια σύνταξη από το κράτος. Είναι αλήθεια κύριε; ρώτησε με απορία και συνέχισε.

«Είναι δικαιολογημένο να δίνουμε σύνταξη σε όσους έχουν σπουδάσει στο κολέγιο, έχουν περάσει εξετάσεις και έχουν εργαστεί για την κυβέρνηση. Αλλά η κυρία Theresia λέει ότι «οι άλλοι εργάζονται επίσης είτε για τους εαυτούς τους είτε για τους άλλους, όπως ακριβώς επί διακυβέρνησης. Άρα, πρέπει να δίνεται σύνταξη σε όλους όταν γερνούν, ανεξάρτητα από τον τόπο εργασίας τους. Όλοι οι ηλικιωμένοι πρέπει να προστατεύονται από την κυβέρνησή μας». Λέγοντας αυτό την κοίταξε με προσδοκία.

«Δεν θα πάρω τίποτα κύριε; αναφώνησε η Σάτι!

«Δεν υπάρχει τέτοια απόφαση τώρα Σάτι». Εκείνη απάντησε.

Η Έιμι άκουγε την ομιλία τους ενώ μάζευε λουλούδια.

«Τότε να τους ζητήσουμε να δώσουν σύνταξη στη θεία που μας βοηθάει».

«Έιμι, δεν ξέρεις τίποτα. Σώπα», την επέπληξε ξανά η μαμά.

Η μητέρα της Έιμι άρχισε να σκέφτεται «Φυσικά, είναι αλήθεια ότι δεν μπορώ να κάνω καμία δουλειά όπως αυτή. Θα αρχίσω να φουσκώνω και να λαχανιάζω αν κάνω οποιαδήποτε εργασία όπως το όργωμα της γης για τη φύτευση λαχανικών και φυτών χρησιμοποιώντας ένα φτυάρι σαν αυτήν. Γνωρίζω επίσης ότι η ύπαρξη όλων σαν εμένα είναι αποτέλεσμα της σκληρής δουλειάς αυτών των ανθρώπων. Διαφορετικά, χρειαζόμαστε μερικά μάντρα όπως στο μύθο που λέγεται ότι δίνει ο άγιος σοφός Viswamithra Maharshi στον Rama και τη Lakshmana για να μην αισθάνονται πείνα και δίψα ενώ ταξιδεύουν μέσα στο δάσος. Ή πρέπει να βρούμε φάρμακα από την αγορά για αυτό το σκοπό».

Sharp Στη 1 μ.μ., η μητέρα κάλεσε τη Σάτι για μεσημεριανό γεύμα. «Σάτι έλα να γευματίσουμε».

Είχε φτιάξει «καλάν» κάρυ ειδικά για τον Σάτι. Η μητέρα της Έιμι δίνει ιδιαίτερη προσοχή στο να τη ταΐζει. Η αυλή οργώθηκε και καθαρίστηκε μέχρι το μεσημέρι. Τώρα έχει μια ωραία εμφάνιση. Η Έιμι δεν βγήκε από την αυλή. Τριγυρνούσε εδώ κι εκεί μαζεύοντας πολλά λουλούδια στην αγκαλιά της.

«Γιατί όλα αυτά τα λουλούδια;» τη ρώτησε ο Σάτι.

«Ναι, μπορώ να φτιάξω αρώματα χρησιμοποιώντας αυτά. Ένας συμμαθητής μου είπε ότι μπορούμε να φτιάξουμε άρωμα αφού το ζεστάνουμε σε λάδι κάτω από τον ήλιο».

Αυτό θύμισε το «balyakala smaranakal» του «Madhavikutti» (Kamaladas) στο οποίο εξηγήθηκε ότι η Kamala με τον αδερφό της είχαν φτιάξει τέτοια αρώματα χρησιμοποιώντας punnakkaya.

«Δώσ' το και σε μένα». Λέγοντας αυτό ο Σάτι πήγε στη βεράντα για μεσημεριανό γεύμα.

Η Έιμι συμφώνησε με χαρά. Η Έιμι έβαλε τα μαζεμένα λουλούδια από την αγκαλιά της στη βεράντα και πήγε στην κουζίνα.

Η Σάτι καθόταν στη βεράντα και μιλούσε στη μαμά της για τη δύσκολη θέση του σπιτιού ενώ έτρωγε.

«Η νύφη μου καθαρίζει στο σχολείο. Θα φύγει από το μέρος στις 7.30 και θα γευματίσει με κάρυ από την προηγούμενη μέρα. Η κόρη τους σπουδάζει νοσηλευτική και μένει στον ξενώνα. Χρειάζονται πολλά χρήματα. Έχει έναν άλλο γιο που επίσης σπουδάζει. Ο άντρας της, ο γιος μου δεν είναι καλός για τίποτα. Παλεύω να τα βγάλω πέρα. Το σπίτι μου είναι κατεστραμμένο και μπορεί να πέσει ανά πάσα στιγμή. Θέλω χρήματα για την επισκευή. Γι' αυτό τρέχω έτσι. Το panchayat έχει εγκρίνει ένα δάνειο. Πριν ξεκινήσει η επισκευή πρέπει να μετακομίσουμε σε ένα υπόστεγο και για όλα αυτά χρειάζομαι χρήματα. Αυτός είναι ο λόγος που εργάζομαι σκληρά.

«Ο γιος σου βοηθάει; " ρώτησε η μητέρα της.

«Αυτό που παίρνει δεν φτάνει για να πιει. Λοιπόν, είναι γιος μου, δεν μπορώ να τον αποφύγω. Επιπλέον, πρέπει να προσέχω τα παιδιά του. Τι να κάνω;» εξήγησε την αξιολύπητη κατάστασή της.

Η Σάτι μένει με τον γιο της, ο οποίος δεν έχει σημασία για να θυμηθεί τη δυστυχία της γριάς μητέρας του. Δουλεύει τη μέρα για να πιει. Το βράδυ ερχόταν και ξάπλωσε κάπου μεθυσμένος χωρίς να φάει τίποτα, η Σάτι πήγαινε και τηλεφωνούσε μάταια και άκουγε μόνο τα άσχημα λόγια από το στόμα του.

Είναι αλήθεια ότι η μητέρα είναι το όνομα του πλάσματος που αγαπά τους άλλους χωρίς να περιμένει καμία ανταμοιβή. Η γυναίκα του επίσης δεν ενδιαφέρεται για εκείνον που δεν έχει ευθύνες και σκέψεις για αυτήν.

Η μητέρα της Amy αναρωτήθηκε βλέποντας πόσο χαρούμενη αυτή η ηλικιωμένη γυναίκα εργάζεται με υπευθυνότητα για χάρη των παιδιών της και επίσης ένιωσε μια ομοιότητα με τους νεκρούς γονείς της. Αναστέναξε για λίγο με τύψεις.

Η Σάτι εξακολουθεί να είναι ενεργή στη δουλειά της. Η Έιμι είναι μαζί της.

«Έιμι, είναι καλύτερα να μπεις μέσα χωρίς να τρέχεις εκεί. Διαφορετικά, η ομορφιά των χεριών σας θα σβήσει». Η μητέρα την μάλωσε και ξαναμπήκε μέσα.

«Θα τη φροντίσω, κύριε», συμφώνησε η Σάτι για την ασφάλεια της Έιμι.

Οι δυο τους άρχισαν πάλι να συζητούν για κάτι. Ο Σάτι της έδειξε να «παλέψει» μαδώντας τα φύκια που φύτρωναν από τον φοίνικα. Η Έιμι ήταν λυπημένη όταν έφαγε το φρούτο «πότικα» από τη μέση του χόρτου. Θυμήθηκε, «η φίλη της Σρεντχάραν «στο παραμύθι «όρου ντεσατίντε καντά», που είχε πει η μητέρα της. Αργότερα, η Έιμι ανησύχησε για τον θάνατο του Ναραγιάνι, ξαπλωμένη πάνω από το σκισμένο χαλάκι σε μια μικρή καλύβα κάτω από αμυδρό φως. Είπε στον Σάτι την ιστορία του Ναραγιάνι με μεγάλη αγωνία. Η Σάτι δεν καταλάβαινε τίποτα, αλλά απάντησε με τις χειρονομίες της και συνέχισε να την ενθαρρύνει.

Στις 3.30, η μητέρα ετοίμασε τσάι και κάλεσε τη Σάτι. Τα cupcakes και τα μπισκότα που δόθηκαν ως σνακ για τσάι τοποθετήθηκαν στο κάλυμμα στην πλαστική σακούλα της και φυλάσσονταν με ασφάλεια χωρίς να τα φάει. Η μητέρα θύμωσε όταν το είδε.

«Σάτι, είναι για σένα, θα δώσω κάτι άλλο στα παιδιά σου».

«Όταν γυρίσω πίσω, το αγόρι μου θα τρέξει κοντά μου για να δει αν υπάρχει κάτι να φάει, είναι να του δώσω».

Στο άκουσμα αυτό, η μητέρα του της έδωσε κι άλλα.

«Όχι, κύριε, αυτό είναι αρκετό». Η Σάτι ήταν απρόθυμη.

«Μου έχουν πει να πάω και αυτή την Κυριακή στο σπίτι της Θηρεσίας μαντάμ. Μου αύξησε τους μισθούς. «Ελπίζω να αυξήσεις και τον μισθό μου κατά 100 ρουπίες», παρακάλεσε.

«Ναι, θα το κάνω». απάντησε η μητέρα.

Η Σάτι συνεχίζει να μιλά για τη Θρέσια μαντάμ που είναι η εργοδότης της.

«Έχει κι αυτή δυσκολίες. Και οι πλούσιοι έχουν τα βάσανά τους, κύριε;». κοίταξε έκπληκτη και συνέχισε.

«Η Annamkutty, η κουνιάδα της, θα λαμβάνει ένα επίδομα αγάπης κάθε έξι μήνες, το οποίο ξοδεύει σε ένα κατάστημα κλωστοϋφαντουργίας ή ένα κοσμηματοπωλείο. ενώ η Thressya madam δεν έχει DA. Παρόλο που δούλευε για πολλά χρόνια. είπε ότι κανείς δεν της δίνει καθόλου DA. Παραπονιέται κι ας έχει όλη την περιουσία».

Η μητέρα της Amy: «DA, αξίζει τον κόπο για τους χαμηλόμισθους. Η Annamkutty και ο σύζυγός της ήταν κυβέρνηση. καθηγητές και έχουν επίσης αρκετά χρήματα. Θρεσιάμμα που είναι απόδημος. Κανείς δεν είναι υπεύθυνος για τη σύνταξή της ή τη ΔΑ».

Στις 4.30 μ.μ., η Σάτι είχε τελειώσει τη δουλειά της και ήταν έτοιμη να πλύνει τα χέρια της και να φύγει. Η μητέρα της Amy της έδωσε επιπλέον 100 Rs/- Βρήκε ότι το πορτοφόλι της Sati ήταν γεμάτο χρήματα.

«Φαίνεται να έχεις αρκετές οικονομίες;» εξέφρασε την περιέργειά της.

«Μου είπαν ότι κάποιος θα έρθει να φτιάξει το υπόστεγο την επόμενη εβδομάδα για να μετατοπίσουμε μέχρι να ολοκληρωθεί η επισκευή του σπιτιού. Το σπίτι πρέπει να επισκευαστεί. Πρέπει να κρατήσω όλους ασφαλείς, να παντρέψω την κόρη μας». Η Σάτι της είπε για μια αξιολύπητη κατάσταση.

«Σάτι, υποφέρεις τόσο πολύ σε αυτή την ηλικία, περιμένω τουλάχιστον τα εγγόνια σου να το θυμούνται αυτό. Ό,τι κι αν κάνετε για τα παιδιά μας, νομίζουν ότι πρέπει να το κάνουμε. Απλώς είπα όλα αυτά για να τα έχω υπόψη μου. Τέλος πάντων, μην ξοδέψετε όλα τα χρήματα. Όλα αυτά τα λέω για να μην αρχίσετε να τσακώνεστε με την οικογένειά σας. Μόλις σου θύμισα. Εσύ αποφασίζεις για όλα». Η μητέρα της Έιμι τη συμβούλεψε.

Η Σάτι δεν έχει χρόνο να ακούσει τις συμβουλές της.

«Πρέπει να φτιάξω επειγόντως αυτό το σπίτι κύριε, μόνο τότε μπορώ να σκεφτώ τις οικονομίες». απάντησε εκείνη.

Μετά δεν είπε τίποτα. Η Έιμι ήρθε με λίγο σαμπάκκα στο Σάτι. Η μητέρα της της έδωσε και μερικές καρύδες. Αφού πήρε τα πάντα, ο Σάτι βγήκε από εκεί για να πάρει το επόμενο λεωφορείο βιαστικά. Πρέπει να πάρει δύο λεωφορεία και να περπατήσει άλλο ένα χιλιόμετρο για να φτάσει στο σπίτι. Έρχεται εδώ μια φορά στους δύο μήνες γιατί τιμάται η αξία της εργασίας του Σάτι και πληρώνεται ικανοποιητικά εδώ. Σκεπτόμενη τη σκληρή δουλειά της Σάτι, η μητέρα της Έιμι ευχήθηκε για μακροζωία στην καρδιά της.

Μητέρα «θεός επί γης», που ταΐζει τα παιδιά της χωρίς να έχει τον εαυτό της, και αγωνίζεται να προστατεύσει τα παιδιά της! Η γενιά μας παίρνει αυτή τη μητέρα σε ορφανοτροφεία και γηροκομεία.!

Ενώ τα σκεφτόταν όλα αυτά, διαπιστώνει ότι είναι οι ίδιοι οι γονείς που ξεχνούν να μεταδώσουν την ανθρωπιά στα παιδιά τους σε μια προσπάθεια να κερδίσουν τα πάντα και είναι υπεύθυνοι για τη δυστυχία τους.

Όταν ο Σάτι βγήκε έξω, η Έιμι επέστρεψε αφού έκλεισε την πύλη και το είπε

«Η θεία μου είπε ότι θα τηλεφωνήσει όταν φτάσει σπίτι»

«Λοιπόν, θα της ζητούσα να με πάρει τηλέφωνο. Τέλος πάντων γλυκιά μου, πήγαινε να πλυθείς», είπε η μητέρα της και μπήκε μέσα μαζί της.

....

Μια παλιά ιστορία υπηρεσίας

Ο Aravind είναι πολύ χαρούμενος σήμερα. Σε δύο μήνες πρόκειται να αποσυρθεί από την υπηρεσία. Εκείνη την εποχή έμαθε τα νέα για την επόμενη προαγωγή του. Πόσο τυχερός είναι! Καθώς προήχθη και μετατέθηκε λίγο πριν από τη συνταξιοδότησή του, απαλλάχθηκε από αυτό το αξίωμα με άμεση ισχύ για να ενταχθεί ως Ανώτερος Έφορος στα κεντρικά γραφεία.

Ως προετοιμασία, άρχισε αμέσως να τακτοποιεί όλα τα αρχεία του που εκκρεμούσαν και τακτοποίησε τις σημειώσεις και τα παλιά του αρχεία στο τραπέζι του γραφείου του. Στο μεταξύ, παρατήρησε ένα μακρύ εξώφυλλο. Το πήρε και το έσκισε. Ήταν μια ιστορία που του δόθηκε από έναν από τους πρεσβύτερους του, τον Suresh sir για να προσθέσει στο περιοδικό του οποίου ήταν μέλος της συντακτικής επιτροπής και επίσης, ήταν υπεύθυνος για αυτήν. Αλλά η μανιώδης πλημμύρα και στη συνέχεια ο λοιμός που ήρθαν το ένα μετά το άλλο τα επόμενα χρόνια κατέστρεψαν τα πάντα. Το περιοδικό δεν κυκλοφόρησε ξανά μετά από αυτό.

Αν και ήταν απασχολημένος εκείνη την ώρα, το έβγαλε και το διάβασε αμέσως, νομίζοντας ότι του το είχε δώσει κάποιος που αγαπούσε και σεβόταν περισσότερο.

«Η ιστορία της υπηρεσίας.

Ο Σούρες ανέβηκε αργά στον επάνω όροφο στο γραφείο στον πρώτο όροφο αυτού του αστικού σταθμού. Αν και υπήρχε ανελκυστήρας, δεν λειτουργούσε πάντα καλά. Επιπλέον, αυτός ο ανελκυστήρας είχε κρεμαστεί πολλές φορές και οι άνθρωποι πνιγόταν για ώρες μέσα σε αυτό. Τότε έπρεπε να έρθει η πυροσβεστική για να βγάλει τους ανθρώπους από αυτό. Έτσι, με κάποιο τρόπο, έφτασε στη βεράντα του γραφείου παρά την κακή του υγεία. Οι θέσεις που προορίζονταν για τους επισκέπτες ήταν όλες γεμάτες.

Τα πρόσωπα όλων ήταν ανήσυχα και νευρικά. Βαρέθηκε η αναμονή. Εκεί ήταν λίγοι άνθρωποι για να λάβουν ανακούφιση από την ανακούφιση κλπ και επίσης να πάρουν ακόμη και άδειες όπλων. Μετά μπήκε απρόθυμα στο γραφείο και πήγε κατευθείαν στη θέση του υπαλλήλου που χειριζόταν τον φάκελο του. Αν και ήταν μέλος του προσωπικού νωρίτερα σε αυτό το γραφείο, δεν περίμενε προτεραιότητα, γιατί ήξερε καλά ότι ένας συνταξιούχος είναι ανεπιθύμητος σε οποιοδήποτε γραφείο.

Ως συνήθως, η καρέκλα του υπαλλήλου ήταν άδεια. Ενώ στεκόταν εκεί απογοητευμένος, ο υπάλληλος στο διπλανό κάθισμα έδειξε ένα παλιό σκαμνί εκεί και του ζήτησε να περιμένει μέχρι να έρθει και πρόσθεσε επίσης ότι είναι ο αρχηγός της οργάνωσής μας και πάντα απασχολημένος.

«Ο αρχηγός της οργάνωσης, υπάρχει βιασύνη και είναι πάντα απασχολημένος. Ακόμα κι αν αργήσει, σίγουρα θα έρθει».

Τι μπορεί να κάνει; Τέλος πάντων, Κάθισε στο σκαμνί, παρατηρώντας πώς περιστρέφεται εκεί το κέντρο της πολιτικής διοίκησης. όταν περίμενε τον υπάλληλο ήρθε εκεί ένας παλιός φίλος του Prakash που είχε δουλέψει μαζί του πριν.

«Αχ, κύριε, γιατί είστε εδώ; Πάει καιρός να σε δω, πώς είσαι;». Ανανέωσε τη φιλία του.

«Εντάξει, η αίτησή μου εκκρεμεί εδώ. Υπήρξε ένα μικρό λάθος στην παράδοση της άδειας μου και πρέπει να το διορθώσω και να το στείλω πίσω στο γραφείο του AG. Έχω κάνει αίτηση για αυτό. Μέχρι στιγμής δεν έχει γίνει καμία ενέργεια. Θέλω να μάθω την τρέχουσα κατάστασή του και να μάθω τι του συνέβη.

«Ω, συνταξιούχος τότε;» ρώτησε ο φίλος.

«Ναι, πέρασαν δύο χρόνια. αλλά η άδεια μου να παραδοθώ εκκρεμεί ακόμη με αυτό το γραφείο».

«Δεν το ρώτησες;»

«Ήρθα εδώ πολλές φορές και ρώτησα επίσης τηλεφωνικά. Καθώς χρειάζεται κάποιους υπολογισμούς, θα παραμερίσουν παρόλο που είχα υποβάλει ένα προσχέδιο διορθώνοντας το σφάλμα για την εύκολη αναφορά τους μαζί με την αίτηση. Μάταια επικοινώνησα με τον προϊστάμενο και τον επικεφαλής του γραφείου ο ένας μετά τον άλλον. 'Yadhaa prajaa thadhaa raja' (πώς ο υφιστάμενος, άρα ο ανώτερος). Κανείς σε αυτό το γραφείο δεν τολμά να ρωτήσει τον υπάλληλο γιατί πρέπει να κρατούν πάντα ασφαλές το άνετο κάθισμά τους. Έτσι, κάθε φορά θα είμαι σίγουρος ότι θα γίνει σύντομα. Εν τω μεταξύ, κατά την επίσκεψή μου εδώ, εκπλήσσοντας με έτυχε να δω τον εορτασμό των επετείων της χρηστής διακυβέρνησης της κυβέρνησης.» είπε με συγκίνηση και συνέχισε.

«Μέσα σε αυτό το διάστημα, οι αξιωματικοί έχουν αλλάξει πολλές φορές». Αφού το είπε αυτό, αναστέναξε.

Και πάλι, έδειξε μια άλλη αμφιβολία.

«Δεν είναι η ψηφιακή εποχή; Φαίνεται ότι δεν υπάρχει τόσο αποτελεσματική εποπτεία όπως παλιά που τα αρχεία κρατούνταν φυσικά.» Ο κ. Prakash σιώπησε.

Παραδόξως, στο μεταξύ, ο επικεφαλής του γραφείου πήρε επίσης ένα βραβείο για την καλή του υπηρεσία. Ως βουβός μάρτυρας όλων αυτών, η αίτησή μου καθόταν στο τραπέζι του υπαλλήλου και γελούσε ειρωνικά». Μίλησε.

Ενώ μιλούσε με τον κ. Prakash, έφτασε ο υπάλληλος. Μετά το Prakash προσπάθησε να επιστρέψει λέγοντας,

«Το ίδιο θα είναι και για μένα όταν αποσυρθώ. άσε με να φύγω τώρα και να σε δω αργότερα». Βγήκε έξω.

Ρώτησε τον υπάλληλο για την αίτησή του. Ο υπάλληλος τον διαβεβαίωσε ξανά όπως πριν.

«Θα γίνει σύντομα. Πηγαίνετε εν ειρήνη, κύριε. θα το κάνω"

Αφού άκουσε τη διαβεβαίωση και γύρισε πίσω, ο φίλος επέστρεψε και είπε ξανά:

«Οι άνθρωποι σε αυτό το γραφείο έχουν μια αίσθηση της πραγματικότητας. Όσοι έρθουν και περιμένουν τα πάντα, θα πάρουν μεσημεριανό δωρεάν. Κύριε, φάτε το και φύγετε».

Ένεψε καταφατικά. Ωστόσο, δεν πήγε για φαγητό. Σκέφτηκε ότι οι συνταξιούχοι δεν πρέπει να πλησιάζουν κανέναν με παλιές φιλίες.

Καθώς γυρνούσαν πίσω, κάποιοι αρχηγοί των εργαζομένων που είναι σαν πολιτικοί ζητιάνοι ήρθαν να τον δουν ενώ περπατούσαν και ρωτούσαν για το θέμα. Απάντησε σύντομα γιατί ξέρει ότι δεν έχουν χρόνο να καταλάβουν το θέμα καθαρά. Τον κοίταξαν με περιφρονητική στάση, γέλασαν και απομακρύνθηκαν βιαστικά. Όμως δεν έχασε την εμπιστοσύνη του και περπάτησε μέχρι τη στάση του λεωφορείου, πιστεύοντας ότι σύντομα θα λάμβαναν μέτρα για την αγωνία του. Μέρες, εβδομάδες και μήνες...Μάταια περίμενε χωρίς καμία απάντηση. Ακόμα και τώρα περιμένει ατελείωτα απάντηση...»

....

Ο Aravind διάβασε πλήρως την ιστορία. Η ιστορία της υπηρεσίας συμβαίνει πάντα στην πραγματικότητα. Ως εκ τούτου, ήταν περίεργος να μάθει την κατάσταση της αίτησής του. Είχε τον αριθμό τηλεφώνου του κ. Suresh στο κινητό του. Έτσι, του τηλεφώνησε αμέσως και του είπε για την προαγωγή του, κλπ, και τον ρώτησε,

«Κύριε, τι γίνεται με το φάκελό σας που εκκρεμούσε στο περιφερειακό γραφείο».

«Υπάρχει κάποια απόφαση, κύριε;»

Στο άκουσμα αυτό, η φωνή του έγινε τραχιά και εκνευρίστηκε.

«Είχε δοθεί δύο χρόνια πριν τον κατακλυσμό. Η απάντηση είχε μάλιστα συνταχθεί από εμένα για έτοιμη αναφορά τους. Χρειάστηκε μόνο να το επαληθεύσουν. Ωστόσο, δεν υπήρξε καμία ενέργεια. Μετά, όταν έγινε η πλημμύρα και η επιδημία, η αίτησή μου έγινε τίποτα. Ποια είναι η σημασία της αίτησής μου όταν οι άνθρωποι προσπαθούν να σώσουν τη ζωή τους; Τώρα όμως όλα έχουν τελειώσει. Η κυβέρνηση άλλαξε. μετά δεν μπορούσα να πάω στο γραφείο για το ίδιο. Πρέπει να αναφερθώ σε όλα από την αρχή, καθώς υπήρξε μια ολική αλλαγή σε αυτό το γραφείο. Άσε το», αναστέναξε. «Ακόμα περιμένω να δω την απονομή βραβείου σε αυτό το γραφείο για καλή εξυπηρέτηση και επίσης να δω τη διάθεση της αίτησής μου επειδή ο αιτών δεν είναι πια. Μέχρι τότε, αφήστε το αρχείο να κοιμηθεί."

Ο Αραβίντ ένιωσε λύπη όταν το άκουσε. Αργότερα μίλησε για οικογενειακές υποθέσεις και έκλεισε το τηλέφωνο. Σκέφτηκε για λίγο το σύστημα διοίκησης και τη ματαιότητα της αναγνώρισης της καλής δουλειάς κ.λπ. Ίσως να υπήρχαν περισσότερες ζωογόνες περιπτώσεις. Ποιος νοιάζεται για αυτό; Όταν θυμήθηκε ότι είναι κι αυτός μέρος αυτής της κυβέρνησης, ένιωσε λίγο ντροπαλός.

Ο Suresh Sir είχε μια προσωπικότητα αμόλυντη από διαφθορά. Ως εκ τούτου, υπήρχαν επικριτές αλλά και θαυμαστές του. Αλλά είναι ένας από τους πολλούς ανθρώπους που αγάπησε με καρδιά. Είναι πραγματικό γεγονός ότι δεν ωφελεί να γνωρίζουμε πώς να δουλεύουμε μόνο, πρέπει να μάθουμε να προσαρμοζόμαστε και στην ευκαιρία. Διαφορετικά, θα πρέπει να αποδεχτούμε κάθε είδους απώλεια. Σκεπτόμενος έτσι, η ιστορία της υπηρεσίας που είχε λήξει έγινε κομμάτια και σκουπίδια.

Είναι η τελευταία του μέρα σε αυτό το γραφείο. Ελήφθη εντολή απαλλαγής. Σε αυτό το διάστημα κάθε επιτελείο έρχεται και τον αποχαιρετά. Αυτή είναι μια τακτική άποψη στα κυβερνητικά γραφεία. Θα συνεχίσει να συμβαίνει.

Η επίσημη ώρα είχε τελειώσει. Πήρε όλα του τα χαρτιά και σηκώθηκε από τη θέση του για να πάει στο επόμενο γραφείο στο νέο πόστο

Η Νυχτερινή Βροχή

Το ηλιοβασίλεμα. Το φως της ημέρας έχει σχεδόν εξαφανιστεί από πίσω. Το λυκόφως ήταν μαγεμένο. Έξω έβρεχε ασταμάτητα. Η Ντέβι έβγαζε με αγωνία την κουρτίνα του παραθύρου και κοίταζε κατά καιρούς έξω. Μετά από λίγο είδε το φως ενός αυτοκινήτου από μακριά.

Το αυτοκίνητο έφτασε στην αυλή. Κύριε Μπαλάν, ο άντρας της βγήκε από το αυτοκίνητο χωρίς να πάρει την ομπρέλα που κρατούσε μέσα του και ανέβηκε στη βεράντα βρέχοντας. Η Ντέβι βγήκε έξω και σκούπισε το κεφάλι και το πρόσωπό του με την άκρη του σάρι της.

Μπήκε στο καθιστικό και κάθισε εκεί στον καναπέ. Μετά χαμογέλασε και της χάιδεψε τον ώμο. Τον ρώτησε, «Μπαλέτα, τι γίνεται με την πολυάσχολη σου δουλειά, τελείωσε; Ο Μπαλάν χαμογέλασε.

«Όχι, Ντέβι. Άφησα όλους στον ξενώνα. Έχει κανονιστεί και φαγητό», είπε ο Μπαλάν.

Η Ντέβι του πήρε όλα τα αρχεία και τα έβαλε στο τραπέζι. πήρε τον ζεστό καφέ που κρατούσε στη φιάλη και του τον έδωσε.

«Όχι τόσο απαραίτητο. Έπινα καφέ μαζί τους».

Αφού το είπε αυτό, ο Μπαλάν κάθισε στον καναπέ και ήπιε τον μισό από τον ζεστό καφέ. Τα υπόλοιπα τα έδωσε στον Ντέβι. Η Devi κάθισε επίσης με τον Balan στον καναπέ.

«Δεν είναι καλή βροχή; Σκέφτηκα να ζεσταθώ λίγο όταν έρθει». Η Ντέβι του εξέφρασε την αγάπη της. συνέχισε ο Μπαλάν.

«Τι ένταση υπήρχε. Το DGM ήταν επίσης εκεί. Έλεγξαν όλα τα αρχεία. Όλη η μέρα ήταν πίσω τους. Ευτυχώς δεν υπήρξαν προβλήματα».

«Πώς μπορεί να υπάρχουν προβλήματα; Τι προβλήματα θα μπορούσε να έχει για έναν τίμιο και ακριβή άνθρωπο», σκέφτηκε ο Ντέβι.

«Έχασα ένα σημαντικό μητρώο, ήταν πολύ αργά για να το εντοπίσουμε. Αυτή ήταν η ένταση. Σε κάθε περίπτωση, όλα τελείωσαν σήμερα. Θα υπάρξει και αύριο. Είναι ένα διήμερο».

Ενώ καθόταν στον καναπέ βγάζοντας τις κάλτσες του, μιλούσε για θέματα γραφείου και η Ντέβι άκουσε με περιέργεια.

«Ντέβι, πρέπει να φάω ένα γρήγορο γεύμα σήμερα, άσε με να κάνω μπάνιο. Μετά από αυτό, έχω δύο αρχεία για επαλήθευση."

Η Ντέβι πήγε γρήγορα στην κουζίνα. Μετά από λίγο, ο Balan ήρθε στην τραπεζαρία μετά το μπάνιο του και άρχισε να δειπνεί που είχε ήδη κανονίσει εκείνη.

«Πρέπει να πάω νωρίς αύριο· θα πάω για ύπνο μόνο αφού ελέγξω αυτά τα αρχεία. Θα είμαι ήρεμος μόνο όταν φύγουν».

Ο Balan ήταν ο διευθυντής υποκαταστήματος της εταιρείας. Το DGM και δύο επιτελείς από τα κεντρικά γραφεία έχουν έρθει για την τακτική επιθεώρησή τους που διεξάγεται κάθε χρόνο. Μετά το δείπνο του, πήρε τα αρχεία στο τραπέζι και άρχισε να τα εξετάζει. Η Ντέβι κάθισε δίπλα του και άρχισε να αφηγείται τις λεπτομέρειες της ημέρας.

Ο Μπαλάν βούιζε και κουνούσε το κεφάλι του από καιρό σε καιρό με τα λόγια της ακόμα και μέσα στη δουλειά του. Αφού το ολοκλήρωσαν, πήγαν και οι δύο στην κρεβατοκάμαρα. Η Ντέβι γνωρίζει πολύ καλά την πολυπλοκότητα και το αίσθημα ευθύνης του Μπαλάν. Είναι και υπουργός του. Με τον ίδιο τρόπο, η Balan επίσης δεν ξεχνά να τη ρωτήσει για το φαγητό και την υγεία της ακόμα και στο πολυάσχολο πρόγραμμά της. Κάθισαν και οι δύο στο κρεβάτι και συνέχισαν την κουβέντα τους. Είπε,

«Πρέπει να τρως στην ώρα σου και να μη διστάσεις να φας όσο δεν είμαι εκεί».

Χαμογέλασε και κάθισε κοντά του στο κρεβάτι και άρχισε να τρίβει τα δάχτυλά του στην αγκαλιά της. Μετά από λίγο είπε,

«Θα έρθω αφού τελειώσω τη δουλειά στην κουζίνα, μένει λίγη δουλειά ακόμα». λέγοντας αυτό πήγε ξανά στην κουζίνα.

Έξω έπεφτε ακόμα η βροχή. Όταν η Ντέβι τελείωσε τις δουλειές της κουζίνας και έφτασε στο κρεβάτι, ο Μπαλάν είχε ήδη αποκοιμηθεί. Έσβησε το φως και πήγε για ύπνο. Τον αγκάλιασε με το δεξί της χέρι. Μετά έβαλε αργά το κεφάλι και το πρόσωπό της στο στήθος του. Οι τρίχες στο στήθος του και η μυρωδιά του κορμιού του την ενθουσίασαν.

Παρόλο που ο Μπαλάν κοιμόταν σχεδόν, η παρουσία της άγγιξε την ψυχή του. Ξύπνησε και την αγκάλιασε με τα δυνατά του χέρια ακόμα και σε εκείνο τον μισό ύπνο.

Έτσι, απόλαυσαν εκείνη τη βραδιά. Έξω έπεφτε ακόμα η βροχή. Η βροχή είναι αγάπη. Είναι βαθιά αγάπη να συγχωνεύεσαι με το χώμα. Η βροχή που ερωτεύτηκε το χώμα έπινε αγάπη χωρίς να την αφήσει να τελειώσει. Με μελωδική καρδιά με φλογερή αγάπη, αποκοιμήθηκε ξαπλωμένη δίπλα του.

Τα μεσάνυχτα η Ντέβι άνοιξε ξαφνικά τα μάτια της. Μετά δεν μπορούσε να κοιμηθεί για λίγο. Πήρε αργά το χέρι του και φόρεσε το κρεβάτι σαν μητέρα που προσπαθούσε να βγάλει το μωρό της από την αγκαλιά της και να το ξαπλώσει χωρίς να ενοχλεί τον ύπνο της, και κάθισε εκεί. Η βροχή έβρεχε ακόμα, καθώς η λαχτάρα για χώμα δεν μπορούσε να διαχωριστεί. Η Devi είναι πλέον όχι μόνο σύζυγος αλλά και μητέρα γι 'αυτόν. Διαφορετικές συμπεριφορές Ινδών γυναικών!

Εκείνη την εποχή άρχισε να θυμάται πολλά πράγματα για τη βροχή. Στα παιδικά της χρόνια, είχε συνηθίσει να παρακολουθεί με περιέργεια καθισμένη στη βεράντα ότι όταν η βροχή έτρεχε στην ταράτσα του σπιτιού και έπεφτε στην αυλή, σχηματίζονταν μικροί λάκκοι και το νερό που έπεφτε μέσα τους πιτσίλιζε σαν κρύσταλλο. Όταν έδεναν το νερό στην αυλή, έφτιαχνε μια χάρτινη βάρκα και το έβλεπε να επιπλέει.

Στα σχολικά της χρόνια η ιστορία στα Μαλαγιαλάμ «Oru kudayum kunju pengalum», την είχε στεναχωρήσει πολύ. Το χειμώνα τόσα πολλά παιδιά υποφέρουν από τις συνέπειες της ανεργίας και της φτώχειας από τη μια πλευρά και τα ταξιδιωτικά προβλήματα, διάφορες εποχιακές επιδημίες, φυσικές καταστροφές κ.λπ. από την άλλη. Έτσι, μισούσε τη βροχή, παρόλο που είχε ομπρέλα και άλλες παροχές εκείνες τις μέρες, σκέφτηκε τις δυσκολίες των φτωχών γονιών να πλύνουν τις στολές τους. Αλλά το καλοκαίρι υπάρχει μόνο ένα τέτοιο πρόβλημα υψηλής ζέστης.

Αλλάζει η κυβέρνηση τις σχολικές διακοπές την περίοδο των βροχών; Αν τροποποιούνταν οι σχολικές διακοπές! Κανείς δεν ξέρει γιατί και οι διακοπές του δικαστηρίου.

Δεν έχουν μείνει πολλά αναπάντητα ερωτήματα σε αυτή τη χώρα; Η Ντέβι σκέφτηκε πολλά πράγματα και ξάπλωσε ξανά. Ο ήχος της βροχής ήταν ακόμα εκεί έξω. Ο Ντέβι δεν μπορούσε να κοιμηθεί.

Η βροχή είναι αγάπη και ευτυχία για πολλούς ανθρώπους. Αλλά το φοβόταν σκεπτόμενος σπίτια που διαρρέουν, ηλικιωμένους άρρωστους κ.λπ. Αργότερα, όταν περπάτησαν μαζί! στην άκρη του χωραφιού κάτω από μια ομπρέλα με τον ξάδερφό της Μπαλάν που της πρότεινε να την παντρευτεί, άρχισε πάλι να ερωτεύεται τη βροχή.

Καθώς η βροχή ερωτεύτηκε το χώμα, η αγάπη για τον Μπαλάν μπήκε βαθιά στην καρδιά της.

Η Ντέβι, που ήταν ξαπλωμένη και σκεφτόταν τη βροχή που έβρεχε έξω, πήρε πάλι βαθύ ύπνο. Μετά ξύπνησε ξανά μόνο αφού άκουσε το ξυπνητήρι. Εκείνη την ώρα είχε ξημερώσει. Ξάπλωσε κοντά στον Μπαλάν αγκαλιάζοντάς τον ξανά. Αν ξυπνούσε χωρίς να του το πει θα απογοητευόταν. Ποτέ δεν ανησυχούσε για εκείνον, που την αγαπάει όσο τη ζωή του. Ο Μπαλάν ήταν επίσης ξύπνιος από τον ύπνο εκείνη την ώρα.

Εκείνη σηκώθηκε απρόθυμα, αφαιρώντας την αγκαλιά του, πιέζοντας τα χείλη της στο μέτωπο και τα μάτια του και δίνοντας καυτά φιλιά. Μετά στην κουζίνα για πρωινό κ.λπ. Σαν αληθινή θεά! Το μεσημεριανό γεύμα πρέπει να προετοιμαστεί και πρέπει να δοθεί στον Balan όταν πάει στη δουλειά. η ρουτίνα ξεκίνησε...

Το πένθος μιας κυρίας

Το κρύο τον μήνα του Αιγόκερω είναι στα ύψη σήμερα. Η τεμπελιά του πρωινού της Κυριακής δεν φεύγει. Ο Leelawati, ο οποίος είναι λέκτορας στο κολέγιο, ξάπλωσε κάτω από την κουβέρτα χαλαρώνοντας ξανά. Η κόρη της Geeta είναι απασχολημένη με την προετοιμασία του πρωινού στην κουζίνα. Έξω χιονίζει. Ακούγεται ο θόρυβος των παιδιών του διπλανού σπιτιού που έρχονται να μαζέψουν τα μάνγκο που πέφτουν από το δέντρο στη νότια αυλή.

Αν και ξάπλωσε έτσι για αρκετή ώρα, αλλά σηκώθηκε απρόθυμα. Μέχρι εκείνη τη στιγμή, ο Geetha είχε έρθει με καφέ-κρεβάτι. Απόλαυσαν τη δροσιά του πρωινού φυσώντας αργά και πίνοντας τον αχνιστό καφέ. Μετά από όλη την πρωινή ρουτίνα, ο Λιλαβάτι ήρθε στον μπροστινό καναπέ και πήρε την εφημερίδα της ημέρας και άρχισε να την κοιτάζει.

Το βράδυ πρέπει να παρακολουθήσει ένα σεμινάριο με θέμα «Γυναικεία». Ενδυνάμωση για την Ανύψωση τους» στην οποία θα παρευρεθούν πολλοί επιφανείς άνθρωποι. τώρα είναι στο σπίτι της κόρης της. Όταν έπινε καφέ και διάβαζε την εφημερίδα, τα μάτια τους ξαφνικά στράφηκαν στη στήλη της νεκρολογίας. Παραδόξως, σε εκείνη τη στήλη έτυχε να δει τη φωτογραφία της ξαδέρφης της Naliniyedathi.

Ο δάσκαλος κοίταξε ξανά και ξανά με δυσπιστία. Ναι, ήταν αυτή. Σαν εκεί ένιωσε μια λάμψη φόβου μέσα της. Δεν ακούστηκε τίποτα για αυτήν από κανέναν. Πώς ήταν το τέλος της; σκεπτόμενος το κάθισε εκεί για αρκετή ώρα σαν να μην μπορούσε να κουνηθεί.

Η Naliniyetathi της ενώθηκε και αυτή με τις αμέτρητες ψυχές που γεννήθηκαν σε αυτή τη γη και με κάποιο τρόπο κατάφεραν να επιβιώσουν και να κρυφτούν στο αιώνιο σκοτάδι! Ο Krishnanetan, ο σύζυγος της Nalini Etathi, που ήταν επίσης συγγενής, ζούσε κοντά στο πατρογονικό της σπίτι. Η Ετάθη ήταν πολύ όμορφη και τρυφερή και τα γουρλωμένα μάτια της έμοιαζαν πάντα τρυφερά. Ο Krishnanetan ήταν το μεγαλύτερο από τα πέντε παιδιά του θείου του Sridharan. Αν και αποφοίτησε από το Sacred Heart College, ήταν πολύ προληπτικός άνθρωπος. Δεν είχε αγάπη ή πίστη σε κανένα ζωντανό ον σε αυτή τη γη. Δεν είχε κόσμο έξω εκτός από το δικό του σπίτι.

Που και που, γινόταν καβγάς σε εκείνο το σπίτι. Κυρίως ήταν για κάποια ανόητα θέματα. φτιαγμένο από τον Κρισνετάν της. Όλα αυτά έτυχε να τα ακούσει από τη μητέρα της που το έλεγε όταν άκουγε καβγάδες εκεί. Ο Etan, που εργαζόταν σε ιδιωτική εταιρεία, θα δούλευε επιμελώς. Αν και τσιγκούνης, ήταν αυστηρός. Αν γινόταν καβγάς στο σπίτι, κανείς δεν μπορούσε να δει τη μητέρα του Έταν έξω για αρκετές μέρες. Ήταν μεγάλη ντροπή γι' αυτούς. Έτσι, κανείς δεν θα τολμούσε να το αμφισβητήσει.

Αμέσως μετά τον γάμο της μεγαλύτερης αδερφής τους, ξεκίνησαν πρόταση γάμου για τον Κρισνανετάν. Αν κάποιος ρωτούσε για τη φύση του τσακωμού του Etan, θα έλεγε: «Γεννήθηκε νωρίς το πρωί της Τρίτης. Αυτός είναι ο θυμός του. Δεν πρέπει να παντρευτούμε όταν τα παιδιά γεράσουν;». Τότε κανείς δεν θα έλεγε τίποτα.

Οι γονείς έκαναν ότι δεν έβλεπαν την ανωριμότητα του μυαλού του Ίταν. Διαφορετικά, τι μπορούν να κάνουν; Σε κάθε περίπτωση, ο γάμος κύλησε πολύ ομαλά. Μετά από αυτό, η κατάσταση άρχισε να χειροτερεύει. Ο Κρισνανετάν, ο οποίος ήταν εκ φύσεως εγωιστής και στενόμυαλος, άρχισε να επιβάλλει τις προτιμήσεις και τα εγωιστικά του ενδιαφέροντα σε εκείνη τη γυναίκα.

Μέσα σε αυτή την κατάσταση, οι γονείς αναστατώθηκαν. Στην πραγματικότητα, σε όλο αυτό το διάστημα προσπαθούσε να γελάσει μπροστά σε άλλους αφού υπέμεινε όλα τα βασανιστήρια και την απομόνωση του συζύγου τους. Όταν η Nalini γυρίζει σπίτι από καιρό σε καιρό για να μιλήσει στη μητέρα της, Subhadra, συνήθιζε να ακούει τη συνομιλία τους καθισμένη μαζί τους. Περιστασιακά άνοιγε μόνο στη μητέρα της

Ο Leelawati θυμάται ακόμα τι είπε κάποτε η Etathi γι 'αυτόν. Της είχε πει «Δεν ήθελα αυτόν τον γάμο. Χρειαζόμουν κάποια χρήματα. Γι' αυτό αποφάσισα να παντρευτώ γιατί μου το είπε ο πατέρας μου». Ο δάσκαλος πλέον συνειδητοποιεί ότι ήταν μια ναρκισσιστική προσωπικότητα. Η Ναλίνι είχε μιλήσει συχνά στη μητέρα της για τα προβλήματα συμπεριφοράς του συζύγου της και για το πώς κρατά όλες τις ανησυχίες της μέσα της για να μην στενοχωρήσει κανέναν στην οικογένειά της.

Οι γονείς του ήταν αβοήθητοι και δεν μπορούσαν να πουν τίποτα σε αυτόν που μάλωνε για ασήμαντα πράγματα, βασανιζόταν και έκλαιγε. Ωστόσο, θα την κατηγορούσαν σαν να μην ήξεραν τίποτα. Πολλές φορές, παρόλο που είχε γυρίσει στο σπίτι της μητέρας της, πήγαινε εκεί και έκανε φασαρίες και την έφερνε πίσω.

Έτσι, η ζωή της ήταν ταπεινωτική και γεμάτη σωματικά και ψυχικά βασανιστήρια επίσης.

Μια μέρα, όταν η Leelawati ήρθε από το κολέγιο, η Nalini μιλούσε με τη μητέρα της Subhadra στη βεράντα της κουζίνας. Η Subhadra ήταν πολύ αγαπητή και αν έβλεπε τις ανησυχίες των άλλων, θα τους συμπονούσε γρήγορα.

Όταν την είδε, ο Leelawati σκέφτηκε ότι η Edathi μπορεί να έτρεχε για λίγη ανακούφιση. Ακούγοντας την επίπληξη της μητέρας του, άφησε το βιβλίο στο τραπέζι και πήγε στη βεράντα.

«Ναλίνι, υπάρχουν αρκετά χρήματα στο σπίτι σου και τίποτα κακό με σένα. Πηγαίνετε στο σπίτι σας με τα παιδιά σας. Δεν θα αλλάξουν στο βαθμό που δεν έχουν συνείδηση ενοχής. Δεν υπάρχει άλλος τρόπος να βγεις από αυτό. Γιατί τέτοια ζωή; Δεν είναι καλοί άνθρωποι».

«Θεία, δεν θέλω να έρθει να κάνει φασαρία εκεί».

«Τα κάνει όλα αυτά γιατί τα έκρυψες όλα από την αρχή και τώρα δεν φοβάται. Δεν έχει σημασία να πούμε τίποτα. απάντησε η μητέρα. Τέλος πάντων, απορώ για τους γονείς του που τόλμησαν να τον παντρευτούν. Τώρα είναι όλοι ενωμένοι αφήνοντάς σε ήσυχο».

Ο Σουμπχάντρα συνέχισε και προσπάθησε να την ηρεμήσει. Μετά από λίγο, επέστρεψε.

Τι ανημποριά είναι. Ο Κρίσναν είναι δίκαιος και μορφωμένος. Όμως η ανωριμότητά του τα χάλασε όλα. Τέλος πάντων, έχει την τύχη να παντρευτεί μια πλούσια κοπέλα κρύβοντας τη διαταραχή συμπεριφοράς του. Ο Leelawati θυμήθηκε εκείνες τις παλιές μέρες επίσης για κάποιο διάστημα.

Κατά τη διάρκεια της μαχητικής τους ζωής, γέννησε τρία παιδιά. Μεγάλωσαν με φροντίδα από την οικογένειά του.

Μέχρι εκείνη τη στιγμή η Λιλαβάτη είχε εγκαταλείψει το σπίτι της οικογένειας λόγω του γάμου και της δουλειάς της κ.λπ.

Μετά από μερικά χρόνια, όταν επέστρεψε στο σπίτι, ρώτησε τη μητέρα της για τον Κρισνετάν και την οικογένειά του.

«Είναι ακόμα ο ίδιος με πριν. Θα φροντίσει όμως καλά τα παιδιά του. Είναι μια ανακούφιση για τη Ναλίνι ». απάντησε η μητέρα.

Ο Leelawati έχει παρακολουθήσει πολλά σεμινάρια και γνωρίζει την εμπειρία πολλών τέτοιων ανθρώπων. ρώτησε εκείνη.

«Τα αδέρφια του δεν έχουν τη γνώση να καταλάβουν αυτή την αγενή φύση; Δεν θα τους νοιάζει;». Η μαμά κάθισε και βούιξε.

«Γιατί να ανησυχούν για τη Ναλίνι; Όταν ήρθε η Ναλίνι, σώθηκαν. Είναι αλήθεια, είναι εγωιστής. Την είχα συμβουλέψει αρκετές φορές να μιλήσει γι' αυτόν σε κάποιον και να βρει μια λύση για αυτό. Όμως δεν το υπάκουσε καθώς της είναι ντροπή». Η μητέρα συνέχισε.

Είχε δίκιο όταν σκεφτόμαστε την κοινωνία μας.

Ενώ τα σκεφτόταν όλα αυτά, ξαφνικά θυμήθηκε το γεγονός ότι ο χρόνος κυλάει. Κοίταξε ξανά τη φωτογραφία στην εφημερίδα και αναστέναξε άλλη μια φορά.

Θυμήθηκε επίσης ότι σε ένα από τα προηγούμενα σεμινάρια, κάποιος είχε παρουσιάσει την αδυναμία μιας γυναίκας που είχε ζήσει με έναν ψυχοπαθή.

Πολλοί πιστεύουν ότι μπορούν να αλλάξουν τον χαρακτήρα τους παντρεύοντας έναν τόσο ανώριμο άνθρωπο σαν αυτόν. Αλλά είναι λάθος και σαν να πετάς πέτρες στη ζωή κάποιου άλλου. Αν λοιπόν προκύψει κάτι τέτοιο, μη διστάσετε να μιλήσετε. Έπεισε τον εαυτό της.

Τώρα τι γίνεται με τα παιδιά τους;». Μετά το θάνατο της μητέρας της, δεν πηγαίνει στο σπίτι της οικογένειας και δεν ξέρει τίποτα. Ο χαμός ενός ανθρώπου που έχει επηρεάσει πολύ στα νιάτα της, αλλά και στις αναμνήσεις του οικογενειακού της σπιτιού. Ένιωθε πολύ λύπη. Σημείωσε επίσης με λύπη στο μυαλό της ότι οι νόμοι είναι συχνά άσχετοι μπροστά στο αίσθημα υπερηφάνειας μιας γυναίκας στην κοινωνία μας.

Μέχρι τότε η κόρη της τηλεφώνησε για να πάρει πρωινό. Σηκώθηκε αργά από τον καναπέ και μπήκε μέσα.

Έρχεται σπίτι

Η ώρα είναι πέντε η ώρα το πρωί. Ο συναγερμός άρχισε να κελαηδάει 'tur tur'. Ο Μάνου άνοιξε απρόθυμα τα μάτια του. Ξαφνικά συνειδητοποίησε την απουσία του ατόμου που βρισκόταν εκεί κοντά. Ένιωσε λίγο απογοητευμένος αλλά μετά ανακουφίστηκε. Μια αίσθηση σαν να απέκτησε λίγη ελευθερία κάπου μέσα του. Σκεπάστηκε στην κουβέρτα και ξάπλωσε για λίγο και μετά σηκώθηκε από το κρεβάτι. Στη συνέχεια, μπορείτε να ακούσετε τον ήχο του χτυπήματος του τσαγιού στο τεϊοπωλείο του Chandretan.

Είναι η φωνή που ακούγεται εδώ και καιρό. Μια ομάδα ανθρώπων ήταν καθημερινοί επισκέπτες εκεί κάθε πρωί με καπνό στα χείλη ως «ηρεμία» και ένα φλιτζάνι μαύρο τσάι στα χέρια τους. Σε αυτήν την κοινότητα συζητούνται και μερικές φορές λύνονται πολλά από τα πολύ περίπλοκα οικογενειακά τους προβλήματα. Δεν λείπει επίσης η δυσφήμιση.

Η γυναίκα του Manu, Rakhi, ξυπνά πάντα πρώτη ακούγοντας το ξυπνητήρι. Η Manu ξυπνά όταν σχεδόν ολοκληρώνει την κουζίνα της συνήθως. Μέχρι τότε θα υπάρχει ζεστός καφές στο τραπέζι. Ο Μάνου κοίταξε το τραπέζι ως συνήθως. Χωρίς κανονικό μαύρο καφέ.

Είναι αλήθεια ότι λέει ότι «η Μανουβέτταν ξέρει την αξία μου όταν δεν είμαι εκεί».

Ο Manu πήγε στην κουζίνα και έφτιαξε έναν μαύρο καφέ και ήρθε στον μπροστινό καναπέ. Μόλις ξημέρωσε. Το κατάστημα του Chandretan φαίνεται να είναι απασχολημένο. Ο ήχος του χτυπήματος του τσαγιού ακούγεται συνεχώς. Έχει δει αυτό το τσαγιέρα από τότε που γεννήθηκε. Αν και έχει περάσει πολύς καιρός, τίποτα δεν έχει αλλάξει πολύ σε αυτό το εξοχικό κατάστημα. Μπορούν όμως να αναφερθούν και κάποια πράγματα.

Αφού ήρθε η νέα γέφυρα, δεν υπάρχει πια ο βαρκάρης που φοράει καϊλί και παλιό καπέλο κωπηλατικά με το μακρύ του κουπί. Η αφίσα της ταινίας με τη φωτογραφία του Πρεμ Ναζίρ, της Τζάγια Μπχαράτι κ.λπ. στη βεράντα του τσαγιέρα έχει γίνει μια απλή ανάμνηση. Και κάποια τέτοια άλλα έχουν επίσης κρυφτεί από εδώ.

Το Android έχει καταλάβει τα πάντα. Τι αλλάζει στις μέρες μας; Μπορούμε να διαβάσουμε, να παρακολουθήσουμε και να ακούσουμε ό,τι θέλουμε με ένα άγγιγμα στο τηλέφωνο στο χέρι μας!

Ο Μάνου τελείωσε τον μαύρο καφέ και έβαλε το ποτήρι στην κουζίνα. «Η Manuvetta Sambar έχει παρασκευαστεί και διατηρηθεί στο ψυγείο». Σαν να ηχούσε στα αυτιά του η φωνή της γυναίκας του. Σωστά, υπάρχει και η ζύμη για ρελαντί που έχει κρατηθεί.

Στη συνέχεια, ο Manu επέστρεψε στην καθημερινότητά του. Αφού έκανε μπάνιο, σκέφτηκε: «Σήμερα μπορώ να πάω στο τσαγιέρι του Chandretan και να φάω πουτίγκα και φιστίκια».

Αν και ο Chandretan είναι μεγάλος, η λάμψη του δεν έχει μειωθεί ακόμη και σήμερα. Υπήρχαν δύο κόρες γι 'αυτόν. Παντρεύτηκαν και εγκαταστάθηκαν σε διαφορετικά μέρη. Τώρα ο Chandretan και η γυναίκα του διευθύνουν το μαγαζί. Η Λαλίθα, η μεγαλύτερη κόρη, που μιλάει ελάχιστα πάντα βοηθούσε τον πατέρα της στο τσαγιέρα. Σταμάτησε τις σπουδές της μετά το σχολείο και το συνέχισε. Το μόνο τους χόμπι ήταν να βλέπουν ταινίες πηγαίνοντας στο θέατρο την ημέρα κατά καιρούς. Τότε ερωτεύτηκε τον Murali που δούλευε στο διπλανό μαγαζί. Κανείς δεν μπορούσε να πιστέψει ότι ήταν ερωτευμένοι μέχρι να παντρευτούν. η όμορφη μικρή κόρη παντρεύτηκε και ερωτεύτηκε... Έτσι, ο γάμος δύο κοριών δεν έγινε βάρος για τον Chandretan και τη γυναίκα του.

Ο Μάνου πήγε στο sit-out για να δει αν είχε φτάσει η εφημερίδα. Ο Γαλατάς έχει φέρει γάλα και το άφησε στο σπίτι. Συνήθως, όταν δεν είναι στο σπίτι λέει να μην φέρει γάλα. Τι έγινε αυτή τη φορά; Τέλος πάντων, ο Manu το πήρε και το έβαλε στο ψυγείο. Διαφορετικά, θα ήταν εκνευρισμένη.

Το putt και τα φιστίκια στο μαγαζί του Chandretan είναι πολύ νόστιμα. Μερικές φορές όταν ήταν μόνος έτσι, θέλει να πάει εκεί και να το φάει. Στο παρελθόν, το κύριο αξιοθέατο του μαγαζιού ήταν το kappa puzhukku και το undampori, αλλά τώρα έχει αλλάξει σε uzhunnuvada και pazhampori. Όταν ήταν μικρός, και όταν πήγαινε στο ναό πιάνοντας το χέρι της μητέρας του, έβλεπε σε εκείνο το μαγαζί με μεγάλη λαχτάρα... πάντα φαινόταν σαν μια μαύρη ζεστή κατσαρόλα που αχνίζει στη φωτιά με ένα λεκιασμένο φλιτζάνι και ένα κόσκινο από πάνω. Τώρα χρησιμοποιεί μαγειρικό αέριο αντί για καυσόξυλα.

Ο Manu πήγε στο τεϊοπωλείο μετά την πρωινή ρουτίνα. Υπήρχε μια παρέα που μιλούσε σοβαρά μπροστά στο μαγαζί. Ο Sathyan Chetan ήταν ο αρχηγός της ομάδας και ήταν γνώστης των εγκόσμιων θεμάτων. Όταν είδαν τον Manu, χάρηκαν και ρώτησαν με έκπληξη:

«Γιατί είσαι εδώ; Κανονικά δεν έρχεσαι εδώ».

"Η γυναίκα μου πήγε στο σπίτι της. σήμερα είμαι μόνος εδώ."

Αφού το είπε για λίγο, ο Μάνου μπήκε στο μαγαζί. Μέσα στο μαγαζί υπήρχαν ατσάλινα τραπέζια και καρέκλες. Κάθισε σε μια καρέκλα εκεί. Ο Chandretan έφερε κοτόπουλο, μπιζέλια και παπάνταμ. Ο Manu τα απόλαυσε όλα με μεγάλη χαρά. Αυτό το τσαγιέρα είναι πάντα μια νοσταλγία για τον Manu.

Ο Sathyan Chetan που στεκόταν έξω από το μαγαζί έλεγε δυνατά:

«Το κάπνισμα σε δημόσιους χώρους έχει σταματήσει. Πόσο μυστικοπαθείς είμαστε να καπνίζουμε εδώ; Μόνο το πρωί. Ομοίως, ας σταματήσει η κυβέρνηση να πετάει σκουπίδια σε δημόσιους χώρους. Πόσα σάπια σκουπίδια κουβαλούν; Δεν είναι και αυτοί άνθρωποι; Οι άνθρωποι που πετούν σκουπίδια πρέπει να μαζεύονται και να μπαίνουν στη φυλακή. Είναι η εποχή του Android. Όπου κι αν κοιτάξεις, CCTV και κινητά τηλέφωνα. Πόσο εύκολο είναι να γυμνάζεσαι». Τότε ο άλλος που άκουγε είπε:

«Έτσι είναι. Αν τους ζητήσεις να πληρώσουν πρόστιμο, θα το πληρώσουν όλοι. Αν πιαστούν στη φυλακή, θα προσέξουν αργότερα λόγω ντροπής».

Ο Μάνου δεν έδωσε ιδιαίτερη σημασία στη συζήτηση και ήπιε το αχνιστό τσάι. Έδωσε στον Τσαντρετάν τα λεφτά και βγήκε από το μαγαζί. Σάθυαν Ο Τσετάν συνέχιζε τις συζητήσεις του για τη νοθεία του φαγητού και την αρρώστια μετά την αγορά του κ.λπ. Ο Σάθιαν Τσετάν είναι τόσο ηθικά θυμωμένος επειδή η γυναίκα του είναι σαρωτής σιδηροδρόμων. Ο Μάνου σκέφτηκε, «Το να σκουπίζεις τα σκουπίδια δεν είναι μια ασήμαντη δουλειά. Πολλοί από τους ανθρώπους θα είχαν ένα πακέτο στα χέρια τους στην πρωινή τους βόλτα για να το πετάξουν στον έρημο δρόμο. Ο Manu επέστρεψε σκεπτόμενος ότι δεν είναι δυνατό για τους κυβερνήτες μας να βελτιώσουν τη χώρα μας εγκαθιστώντας καθαρό νερό και δημόσιες τουαλέτες σε κάθε panchayat, αντιμετωπίζοντας επιστημονικά τα απόβλητα και καθιστώντας την επισιτιστική ασφάλεια υποχρεωτική.

Ο Μάνου άνοιξε την πόρτα και μπήκε. «Μπορεί να με φώναξε ο Ράχι». σκέφτηκε. Μου τηλεφωνεί για να μάθει αν κοιμήθηκα καλά το βράδυ, είχα πρωινό ή έκανα ό,τι της είπαν. Αφού φύγει από εδώ, θα είναι πολύ προσεκτική μαζί μου. Τέλος πάντων, αν δεν είναι στο σπίτι, είναι πραγματικά μεγάλο κενό. Όταν είναι εκεί, φέρνουν ακόμα και tiffin και φυλάσσονται στην τσάντα μου. Σκεπτόμενος όλα αυτά ένιωσε μια μικρή λύπη.

Ο Μάνου πήρε το τηλέφωνο και έλεγξε. Τρεις αναπάντητες κλήσεις. Νομίζοντας ότι δεν μπορούσε να γίνει τίποτα λόγω αυτής της πέμπτης περιουσίας, σήκωσε το τηλέφωνο και ξανακάλεσε. Της λείπει. Ο Manu το ξέρει καλά.

«Τι ήταν αυτή η Μανουβέτα; Πόσες φορές τηλεφώνησα;». έδειξε την αντιπάθειά της. Θα είναι έτσι ώστε όταν υπάρχει έλλειψη, η τιμή αυξάνεται. Ο Μάνου ένιωσε χαρούμενος.

Τέλος πάντων, αφήστε το να πάει στο γραφείο σήμερα και μπορεί να ολοκληρώσει όλες τις εκκρεμότητες. Άρχισε να ετοιμάζεται να πάει στο γραφείο. Ο Ράχι είχε φτιάξει το παντελόνι, το πουκάμισό του κ.λπ. Τον είχε πάρει τηλέφωνο μόνο και μόνο για να μάθει αν είχε πάει στο γραφείο. Τι φροντίδα και αγάπη για αυτόν. Τότε η καρδιά του Μάνου άρχισε να λιώνει από την αγάπη του για εκείνη. Πήρε αμέσως το τηλέφωνο και κάλεσε τον Ράχι να επιστρέψει σήμερα ο ίδιος. Ξαφνικά συμφώνησε σαν να λαχταρούσε να το ακούσει. Στη συνέχεια πήρε το ποδήλατό του και πήγε στο γραφείο ήρεμα.

Το κατακόκκινο της ξεθώριασε

Μέρος-1

Η μεγάλη σιδερένια πόρτα μπροστά από εκείνο το σπίτι άνοιξε και το λευκό αυτοκίνητο Honda City ήρθε στην αυλή με λίγο θόρυβο. Ακούγοντας τον ήχο, οι γονείς της έτρεξαν γρήγορα στη βεράντα με χαρά.

«Ελάτε, παιδιά, πόσες μέρες σας έχετε δει και τους δύο»

Χαιρέτησαν τα παιδιά τους φτάνοντας στην αυλή. Βλέποντας τα παιδιά τους τα μάτια των γονιών έλαμψαν από δάκρυα χαράς. Αφού τους είχαν ενημερώσει ότι θα έρθουν, και οι δύο είχαν το βλέμμα τους στην πύλη από το πρωί.

Η κόρη τους, Βίτζι ήταν η πρώτη που άνοιξε την πόρτα και κατέβηκε, βλέποντας τον πατέρα και τη μητέρα της, τους κράτησε γρήγορα και τους αγκάλιασε. Σε εκείνη τη φαρδιά αυλή, υπήρχε μια όμορφη σκιά από διάφορα λουλούδια φυτεμένα εκεί. Όταν στάθηκες στη σκιά στην αυλή, τι απόλαυση! Τι συναίσθημα! Μύρισε και άνοιξε τη μύτη της και απόλαυσε το άρωμα και τον αέρα που έμεινε εκεί. Τι νοσταλγία!

Μέχρι εκείνη τη στιγμή, ο Sumesh άνοιξε αργά την πόρτα αφού στάθμευσε το αυτοκίνητο στο υπόστεγο. Πήρε μερικά πακέτα που κρατούσαν στο αυτοκίνητο και όλοι πήγαν στη βεράντα.

«Ο θείος και η θεία έρχονται να σε δουν. Θα φτάσουν τώρα».

«Α, καλά, ας τους δούμε». Μοιράστηκε την ευτυχία της.

Μόλις πάτησε στη βεράντα, ο Βίτζι ένιωσε πολύ χαρούμενος και γαλήνιος. Έχουν περάσει μόλις δύο μήνες από τον γάμο.

«Έλα Σουμεσέτα» Πήρε το χέρι του Σουμες και τον κάθισε στον καναπέ. Κάθισε κι εκείνη δίπλα του

Στον καναπέ κάθισαν και οι γονείς μαζί με τα παιδιά τους.

«Η μητέρα κοιτούσε την πύλη από το πρωί γιατί βιάζεται να σε δει. Και ήταν καλό το ταξίδι; «Ρώτησε ο πατέρας.

Η κουβέντα τους ήταν σαν να επέστρεφαν από μακρύ ταξίδι.

«Τι μπλοκ ήταν στο δρόμο μπαμπά αλλιώς θα είχαμε φτάσει νωρίτερα». απάντησε ο Σουμες

«Ο πατέρας και η μάνα είναι καλά, παιδιά;» ρώτησε η μητέρα

«Α, όλοι είναι καλά». Και πάλι, απάντησε ο Sumesh.

Ο Viji είναι γενικά ευδιάθετος. Στην πραγματικότητα, η ίδια είναι ένα κουτί γέλιο. Τα μακριά σγουρά μαλλιά της, τα ροζ χοντρά μάγουλά της και το κόκκινο χρώμα Sindhoor στο μέτωπό της θα προσελκύσουν τους πάντες να την κοιτάξουν για άλλη μια φορά. Η μητέρα της πρόσεξε τα μαλλιά της και είπε.

«Ήθελα να σου δώσω τη σκόνη μπιζελιού. Αλλά αργότερα σκέφτηκα ότι θα γινόταν την επόμενη φορά».

Τέλος πάντων, ανακουφίστηκαν βλέποντας ότι και τα δύο παιδιά ήταν χαρούμενα.

«Η Μπανού δίνει γρήγορα στα παιδιά κάτι να πιουν». Ρώτησε τον πατέρα της στη μητέρα της.

Η μητέρα πήγε βιαστικά στην κουζίνα και έφερε τον χυμό μάνγκο που ήταν στο ψυγείο και τον έδωσε και στους δύο. Τότε είπε στον Σούμες.

«Εδώ είναι το μάνγκο μας, περίμενα να σου σερβίρω το ζουμί του».

Ήταν πολύ γλυκό. Και οι δύο ήπιαν το ζουμί με λαχτάρα. Το πρόσωπο του Sumesh έγινε ξαφνικά χαρούμενο.

«Πώς είναι η ασθένειά σου;» ρώτησε η Βίτζι τον πατέρα της.

«Αυτό γίνεται χωρίς κανένα πρόβλημα, κόρη μου. Θέλω μόνο να δω ότι είστε όλοι καλά.

«Όταν η κόρη μου έμενε στον ξενώνα, μου τηλεφωνούσε και μου μιλούσε κάθε μέρα. Κάθε εβδομάδα, η κόρη μου ερχόταν σπίτι. Τώρα έχουν περάσει δύο μήνες από τότε που της μίλησα ανοιχτά ». Ο πατέρας σκέφτηκε στο μυαλό του.

Παρόλο που ήταν ελαφρώς ανήσυχος, δεν το είχε δείξει στο πρόσωπό του. Είχαν άγχος για την κόρη τους και της επέτρεψαν να εξοικειωθεί με το νέο σπίτι και το περιβάλλον χωρίς να την ενοχλήσουν ούτε ένα τηλεφώνημα. Ενθυμούμενοι ότι ο Viji δεν έπρεπε να έχει κανένα πρόβλημα εκεί εξαιτίας τους, είχαν πει:

«Μην τηλεφωνείς πάντα, απλά τηλεφώνησε αν χρειάζεσαι κάτι».

"Αφήστε τον Sumesh να αλλάξει φόρεμα, θα πάω στην κουζίνα να ετοιμάσω το φαγητό." είπε η μητέρα,

Λέγοντας αυτή η μητέρα πήγε στην κουζίνα. Εκείνη την ώρα έφτασαν ο θείος και η θεία. Η Sumesh και η Viji πήγαν στο δωμάτιό τους μετά από μια ευχάριστη συζήτηση μαζί τους. Η μητέρα και η θεία πήγαν στην κουζίνα.

Ο Viji, που σπουδάζει Αγιουρβεδική ιατρική, είχε πολλές προτάσεις. Όμως, όταν ήρθε η πρόταση της Sumesh, η οποία εργάζεται ως επιθεωρητής στο τμήμα μηχανοκίνητων οχημάτων, είπε ο πατέρας της.

«Όταν γεράσει, δεν θα υπάρχει έλλειψη στο kotamchukadi (έλαιο για μασάζ). Ας το κάνουμε αυτό». Όλα τα μέλη της οικογένειας συμφώνησαν.

Μέχρι τότε ήθελαν γιατρό της Αγιουρβέδα. Τώρα όταν άκουσαν ότι ήταν μια δημόσια δουλειά, άλλαξαν γνώμη. Είναι για να πάρεις kotamchukadi ή είναι η τοπική 'τσιλλέρα' (κάτι σαν δωροδοκία) που προσελκύει τους πάντες στη δουλειά του δημοσίου; Η μήπως η σκανδαλώδης Βίτζι λέει ότι πρέπει να πάρει άδεια αφού πιάσει δημόσια δουλειά όπως μιμούνταν μερικούς ηθοποιούς; Τέλος πάντων, ο γάμος διεξήχθη ευοίωνα

Την ώρα που άλλαξε φόρεμα, η θεία και η μητέρα της είχαν ήδη κανονίσει τσάι και γλυκά στο τραπέζι. Ο πατέρας και ο θείος ήταν επίσης εκεί.

«Ελάτε όλοι, ας πιούμε τσάι», κάλεσε όλους να πιουν τσάι.

Υπήρχαν όλα τα γλυκά που της αρέσουν. Ο Βίτζι άρχισε να τρώει το καθένα λαίμαργα. Πήρε λίγο και το έδωσε στον Σούμες. Ρώτησε τη μητέρα της πίνοντας τσάι.

«Μαμά, το δεξί μου μάτι αναβοσβήνει συνέχεια, τι είναι;

«Είναι κακός οιωνός· λέγεται ως ένδειξη ότι έρχεται κακό πράγμα.

Μέρος- 2

Ενώ έπινε τσάι, ο πατέρας άρχισε πάλι να ρωτά για την ευημερία τους, ψάχνοντας.

"Πώς πάει η δουλειά;"

«Δεν υπάρχει χρόνος για τίποτα Πατέρα, πάντα απασχολημένος. Παραπονιέται και παραπονιέται όταν γυρνάω σπίτι μετά τη δουλειά. Επειδή δεν έχει δουλειά, δεν καταλαβαίνει τι λέω».

Αν και ο Viji πήρε καλούς βαθμούς σε όλες τις τάξεις και πέρασε το τεστ εισαγωγής, η κατάταξή του έπεσε ελάχιστα. Έτσι, μπήκε μόνο στην Αγιουρβέδα. Διόρθωσαν αυτόν τον γάμο αφού συμφώνησαν να ολοκληρώσει τις σπουδές της καθώς η πρόταση ήρθε πριν τελειώσει το μάθημα. Ως προίκα δόθηκαν εκατόν ένα Pavan gold και ένα αυτοκίνητο Honda City. Τώρα μιλάει για ανεργία. Τέλος πάντων, όλοι παραμέλησαν αυτή τη συζήτηση και ήπιαν τσάι χαρούμενοι. Τότε ο Sumesh ξεκίνησε ξανά.

«Πάντα σκέφτεται να πάει σπίτι. Η μητέρα πρέπει να της πει να μην το κάνει».

Όπως έχει τραγουδήσει κάποιος ποιητής, ο μήνας του μέλιτος είναι όταν πρέπει να μπορούμε να απολαμβάνουμε και να ρίχνουμε τη γλύκα της αγάπης και του ρομαντισμού του συζύγου μας θέλοντας και αγαπώντας ο ένας τον άλλον! Αλλά τώρα εδώ όλα όσα κάνει τα θεωρεί λάθος. Σκέφτηκαν στο μυαλό τους.

«Όλα τα κορίτσια είναι έτσι. Δεν είναι η πρώτη φορά εδώ και τόσες μέρες που λείπει από το σπίτι; Αυτό θα είναι μια χαρά». Η μητέρα το έκανε ένα απλό πράγμα.

Στη συνέχεια η θεία άλλαξε θέμα μιλώντας για την πολυάσχολη δουλειά. Ο γείτονάς μας Sreedevi που μένει κοντά μας στη βόρεια πλευρά σηκώνεται τα ξημερώματα και αρχίζει να δουλεύει στην κουζίνα. Τελειώνει όλες τις δουλειές του σπιτιού και πηγαίνει στο καθήκον στις οκτώ το πρωί. Τότε είναι ο σύζυγός της που αφήνει τα παιδιά τους στον παιδικό σταθμό τους στο δρόμο για το γραφείο του. Επιστρέφει μόλις στις επτά το βράδυ. Τι δύσκολο θα είναι. δεν είναι;

Τότε ο θείος είπε:

«Επιτρέψτε μου να ρωτήσω ένα πράγμα, στο κράτος μας με τρεισήμισι κροάρια ανθρώπους, γιατί η κυβέρνηση δίνει δουλειές και όλα τα επιδόματα μόνο σε κάποιους ασήμαντους και τους κάνει να υποφέρουν; Η δουλειά να μειωθεί στο μισό και ο μισθός να μειωθεί στο μισό, τότε θα βρουν δουλειά για τόσους πολλούς ανθρώπους. δεν θα έπαιρνε και η κυβέρνηση τις υπηρεσίες του διπλού λαού; Τώρα η δουλειά που κάνει ένα άτομο θα πρέπει να δίνεται σε δύο άτομα σε δύο βάρδιες. Μπορείτε να πάτε στη δουλειά τη μια στιγμή και να φροντίσετε την οικογένειά σας την άλλη, μπορείτε να κάνετε άλλες εργασίες όπως η εκτροφή αγελάδων κ.λπ. Επιπλέον, οι ανάγκες των ανθρώπων θα λυθούν γρήγορα. Δεν πάνε όλοι στη δουλειά μόνο για να συντηρήσουν την οικογένειά τους; Δεν είναι;»

«Καλά τα λες θείε.

Ο θείος έχει δίκιο. Αλλά δεν θα αρέσει στους κρατικούς υπαλλήλους. Είναι αλήθεια. Σε όλους αρέσει να μειώνουν την εργασία τους, αλλά θα τους αρέσει να μειώνουν τα χρήματά τους;» είπε ο Sumesh.

Η συζήτηση σταμάτησε εκεί.

Ο Sumesh απολάμβανε όλα τα πιάτα. Όποτε κι αν έπαιρνε κάτι, καθόταν και το έτρωγε σιγά σιγά με υπομονή. Είναι ο σεβασμός του για το φαγητό ή η απληστία και η τσιγκουνιά;

Όταν σηκώθηκε αφού ήπιε τσάι και πήγε στην κουζίνα, είπε η μητέρα της

«Πηγαίνετε στο Sumesh, αλλιώς, δεν θα βαρεθεί. Έχω κάνει ήδη όλη τη δουλειά στην κουζίνα». «Έτσι είναι» υποστήριξε η θεία.

Ο Βίτζι φώναξε τον Σούμες και πήγε στην αυλή. Διάφορα είδη ανθοφόρων φυτών είχαν φυτευτεί και στις δύο πλευρές από την πύλη μέχρι τη βεράντα. Η βουκαμβίλια της «θεϊκής μητέρας» της δίπλα στην πύλη φαινόταν να την κατακλύζει. Αγγίζοντας όλα τα φυτά, που είχε φυτέψει και περιποιηθεί, και μιλώντας τους κινναράμ, περπατούσαν ώμο με ώμο στην αυλή. Και οι δύο απολάμβαναν πολύ αυτές τις στιγμές.

Είναι ένα φαρδύ έδαφος και στη μέση του βρίσκεται αυτό το παλιό οικογενειακό σπίτι. Υπάρχουν τοίχοι και στις τέσσερις πλευρές και γεμάτοι δέντρα και φυτά. Το μέρος όπου πέρασε το καλοκαίρι με όλους τους φίλους της. Στα σχολικά της χρόνια έτρεχε και έπαιζε σε όλο το έδαφος για να πιάσει εκεί τις μικρές πεταλούδες κ.λπ.

Δεν θέλουν όλοι σε αυτή τη χώρα να επισκεφτούν για άλλη μια φορά εκείνη την αυλή όπου βόσκουν όλες οι γλυκές παλιές μας αναμνήσεις; για άλλη μια φορά; Πρέπει να αποτίσουμε τα σέβη μας στον ONV sir και τους συναδέλφους του που έχουν βάλει ένα τέτοιο παγκόσμιο θέμα σε ευχάριστους στίχους και το παρουσίασαν στον Malayali. Αλλά ο Sumesh δεν ενδιαφέρθηκε πολύ για αυτό το θέμα. Τέλος πάντων, άκουγε τα πάντα βουίζοντας συχνά.

Περιπλανήθηκαν στην αυλή και μετά κάθισαν για λίγο κάτω από την ιτιά εκεί. Αν κάποιος τους κοιτάξει, θα αναγκαζόταν να θυμηθεί ότι οι Millennials πριν, στις όχθες του ποταμού Tamasa, θα θυμόντουσαν εκείνα τα δίδυμα kraunja που κάθονταν σε ένα κλαδί δέντρου και κουβέντιαζαν και φιλούσαν ο ένας τα χείλη του άλλου ρομαντικά. Βλέποντάς τους αυτή τη στιγμή μπορεί να έρθει στο μυαλό οποιουδήποτε ο πρώτος στίχος της Ραμαγιάνα ήρθε στο μυαλό εν αγνοία του «Manishada...

Τα άνθη του αράλι είναι μαραμένα και σκορπισμένα στο έδαφος. Όταν το είδε, ένιωσε λίγο πόνο κάπου στη γωνία του μυαλού της Βίτζι. Θυμήθηκε με ζεστή καρδιά. Ο γιος του θείου της. Τώρα βρίσκεται στο εξωτερικό. Είναι σαν τον δικό της γιο για τον πατέρα και τη μητέρα του. Μεγάλωσαν μαζί από την παιδική ηλικία. Είχαν συνηθίσει να κάθονται κάτω από αυτό το δέντρο Arali και να μιλάνε πολύ. Μπορεί να ειπωθεί μόνο ως αδελφική αγάπη; Μετά δεν ήρθε για λίγες μέρες που άρχισαν αυτές οι σκέψεις για τον γάμο. Το πρόσωπό του ήταν σκυθρωπό. Όταν επιβεβαιώθηκε αυτός ο γάμος, δεν ένιωσαν και οι δύο μια αίσθηση απώλειας; Κράτησαν μια αθώα αγάπη που δεν την είπαν μεταξύ τους; Πάντα ενδιαφερόταν περισσότερο για τα μπουμπούκια παρά για τα άνθη στα οποία κρύβεται το άρωμα και η ομορφιά.

Μέρος -3

Σε κάθε περίπτωση, δεν είχε την ενέργεια να πει ότι τον ήθελε. Αν ήταν για αυτόν, δεν είχε δουλειά μετά την ολοκλήρωση των σπουδών του. Έτσι, ενθάρρυνε αυτή την πρόταση που της ήρθε. Ίσως να πίστευε ότι έπρεπε να νιώθει άνετα με όποιον ζούσε. Ας είναι η αγάπη του για αυτήν για πάντα, και επίσης, μπορεί να πίστευε ότι δεν θέλει να κατέχει τίποτα που αγαπά. Σαν τα λουλούδια σκορπισμένα κάτω κάτω από το δέντρο.

Μετά από αρκετή ώρα, η θεία και ο θείος τους ήρθαν και άρχισαν να μιλάνε. Μοιράστηκαν όλες τις λεπτομέρειες των παιδιών τους.

Εκείνη την ώρα, το μαγείρεμα γινόταν γρήγορα στην κουζίνα. Υπάρχουν κοτόπουλο, πρόβειο κρέας, το αγαπημένο πουλίσερι μάνγκο της Viji, παχίδι παντζαριού κ.λπ.

Μετά από λίγο κάλεσαν όλους να φάνε.

«Έλα Σουμεσέτα, ας φάμε το μεσημεριανό μας».

Πήρε τον Sumesh και πήγε στην τραπεζαρία. Η φαρδιά τραπεζαρία ήταν γεμάτη πιάτα. Έχουν περάσει δύο-τρεις μέρες από τότε που το σπίτι ήταν απασχολημένο να ετοιμάζει ένα γλέντι για τα παιδιά. Την τελευταία εβδομάδα καθαρίζαμε το σπίτι και τον περιβάλλοντα χώρο. Η μεγαλύτερη επιθυμία κάθε γονιού είναι μια καλή οικογενειακή ζωή για τα παιδιά του. Αυτή η εκπλήρωση των επιθυμιών τους! Η οικογένεια είναι πλέον ικανοποιημένη.

«Κάτσε κάτω. Ας πάρουμε όλοι μαζί το φαγητό», είπε η κόρη.

Ενώ όλοι έτρωγαν μαζί, ένα ποτήρι νερό χύθηκε στο τραπέζι αγγίζοντας το χέρι του Βίτζι. Σηκώθηκε αμέσως και πήρε ένα πανί για να το σκουπίσει.

«Δεν το βλέπεις αυτό, μαμά, πόσο απρόσεκτη είναι;»

«Δεν το άγγιξα χωρίς να το ξέρω; δεν το σκούπισα; Είναι τόσο μεγάλο θέμα, Σουμεσέτα;»

«Ό,τι και να πω, θα μαλώσει».

Όταν ο Sumesh το είπε αυτό, κανείς δεν αντέδρασε σε αυτό. Αν και την πλήγωνε, συνέχισε χαρούμενος σαν να μην είχε συμβεί τίποτα.

«Πρέπει να πάμε στην υπηρεσία αύριο, άρα πρέπει να επιστρέψουμε σήμερα».

«Εντάξει, τότε πήγαινε μετά το δείπνο το βράδυ» απάντησαν χαρούμενοι.

Κανένα εμπόδιο δεν πρέπει να υπάρχει στη δουλειά του. Σκέφτηκαν οι γονείς.

Όσο για τη Βίτζι, δεν θέλει να πάει. Δεν χρειάζεται να πάει στο κολέγιο αύριο. Είναι η ώρα των εξετάσεων. Αρκεί να μελετήσει. Αλλά πώς μπορεί να το πει στον Sumesh; Δεν τόλμησε να του το πει. Δεν αντέχει να την κατηγορούν ακόμη και για ανόητα θέματα. Ειδικά μπροστά στους γονείς της. Έτσι, αποφάσισε να μην πει τίποτα.

Στο μεταξύ, η μητέρα ρώτησε την κόρη της για τις λεπτομέρειες του νέου σπιτιού.

«Φαίνεται πάντα θυμωμένος και νοιάζεται μόνο ό,τι λέει η μητέρα του, αλλά όταν φύγει ο θυμός, τότε θα είναι στοργικός».

Στο άκουσμα αυτό η μητέρα ανακουφίστηκε. Είπε,

«Όλοι οι άντρες είναι έτσι, γλυκιά μου, δεν πειράζει, αγαπάει, φτάνει

Παρόλο που είπε στη μητέρα του έτσι, ο Βίτζι άρχισε να θυμάται τις εμπειρίες της. Δεν καταλαβαίνει ούτε ένα αστείο που λέει ως έχει. Δεν σπούδασε για το 'Poly'; Με πόσους ανθρώπους πρέπει να έχει αλληλεπιδράσει; Γιατί λοιπόν δεν με καταλαβαίνει; Δεν καταλαβαίνει τίποτα σοφά; Έχω τη συνήθεια να βρίσκω οποιαδήποτε κακία σε ό,τι βλέπω ή ακούω. Συνηθίζω να λέω τέτοια πράγματα με τους φίλους μου και να διασκεδάζω. Αλλά αυτός; Είναι η ζωή των κοριτσιών έτσι; Γι' αυτό δίνουν όλα όσα έχουν κερδίσει για να παντρευτούν; Ἡ μήπως αυτή είναι μόνο η εμπειρία της; Μπορεί να ρωτήσει κανέναν για αυτό; Τόσες πολλές αμφιβολίες άρχισαν να μπαίνουν στο μυαλό της εκείνη την ώρα.

Άρχισε να σκέφτεται ξανά

Την πρώτη νύχτα, μπήκε στην κρεβατοκάμαρα με τόσο παθιασμένη καρδιά. Ο Sumesh δεν βρισκόταν πίσω από καμία έκφραση αγάπης. Το απόλαυσαν όλη τη νύχτα. Όμως ένα από τα λόγια της Σούμες τάραξε την καρδιά της.

«Μου είχαν γίνει πολλές προτάσεις. Οι περισσότεροι από αυτούς ήταν αξιωματούχοι. Αλλά ήσουν εσύ που άρεσε στον πατέρα μου. Σε παντρεύτηκα με τον καταναγκασμό του πατέρα μου».

Όταν το άκουσε, ένιωσε σαν να είχε ξεπλυθεί το χώμα κάτω από τα πόδια της. Μετά ένιωσε να ρωτήσει: "Γιατί με ενόχλησες αν είχε πάει κάποιος εκεί που σου άρεσε;"

Υπήρχαν δύο παιδιά στο σπίτι του Sumesh. Ο μεγαλύτερος είναι ο Sumesh και ο νεότερος είναι ο Sushmita. Η Σουσμίτα είναι παντρεμένη και τώρα μένει στο σπίτι του συζύγου της. Μερικές φορές τηλεφωνεί στη Viji.

Η Sumesh γεννήθηκε και μεγάλωσε σε άλλο σπίτι. Ο αδερφός του παππού του που έμενε ακριβώς δίπλα σε εκείνο το σπίτι ήταν καβγαδιστής και είχε πάντα μια διαφωνία για τα όρια μαζί τους από πολύ παλιά. Παλιά γινόταν μεγάλος καυγάς όποτε έφτιαχναν φράχτη. Συνήθιζαν να κοροϊδεύουν λέγοντας ο ένας τον άλλον με διπλά ονόματα. Παρόλο που ένας άλλος γείτονας ήταν επίσης συγγενής τους, ήταν ως επί το πλείστον πιστοί στην άλλη οικογένεια. Ο Sumesh γεννήθηκε και μεγάλωσε σε μια τέτοια κατάσταση. Πάντα υπήρχε μια διελκυστίνδα που επέμενε. Ο Σούμες είχε μια απόσταση στο μυαλό του από όλους τους άλλους. Αλλά η κόρη τους ήταν το αντίθετο. Ήταν η αγαπημένη όλων. Τα πάει εύκολα με οποιονδήποτε. Μεγάλωσε τραγουδώντας και χορεύοντας κ.λπ. Κάποτε έγινε ένας μεγάλος καυγάς που έτυχε να πει ότι έριξε κρυφά μια ματιά στο κορίτσι της γειτόνισσας όταν έφτασε στο γυμνάσιο. Μετά από αυτό το περιστατικό, μετακόμισαν εκεί που μένουν τώρα. Είναι ένα ωραίο σπίτι με έναν τοίχο και μια πύλη γύρω από αυτό. Αφού ήρθε και έμεινε εδώ, άρχισε να αναπτύσσει μια τάση να καβγαδίζει και να θυμώνει ξαφνικά.

Μέρος -4

Έχει όλα τα χαρακτηριστικά ενός πρωτότοκου γιου. Συνοδεύει τη μητέρα του στο ναό. Βοηθάει στην κουζίνα. Η μητέρα του μοιράζεται όλες τις λεπτομέρειες της γειτονιάς κυρίως με τον γιο της. Ενώ είναι μαζί με τη μητέρα του όλη την ώρα, η κόρη περνά το χρόνο της με όλους και αιχμαλωτίζει την αγάπη και τη στοργή όλων. Δεν το προτιμά όμως τόσο όταν κάποιος την επαινεί μπροστά του.

Μόλις η μητέρα παραπονέθηκε στον πατέρα τους για τη φύση του, εκείνος την κατηγόρησε.

«Μην τον κατηγορείς, όλα είναι λόγω της ανατροφής σου». Εκείνη σιώπησε τότε.

Δεν είναι αυτοί που τον μεγάλωσαν χωρίς να υπολογίζουν την ψυχική ανάπτυξη του παιδιού τους; Η κόρη που μεγάλωσε με τις προτιμήσεις της χωρίς να ανακατεύεται σε περιττά θέματα έγινε η αγαπημένη των άλλων.

Τέλος πάντων, σπούδασε και πέρασε με υψηλή βαθμολογία και πέρασε πολυτεχνείο. Μετά πήγε για προπονητική PSC. Πέρασε το τεστ PSC με καλό βαθμό. Επίσης, έπιασε δουλειά σύντομα. Είναι τυχερός από όλες τις απόψεις. Τώρα με μια καλή σχέση απέκτησε και γυναίκα.

Μετά το μεσημέρι ο θείος και η θεία έφυγαν, τότε η μητέρα της τους είπε:

«Δεν είναι απασχολημένος με τη δουλειά και δεν μπορεί να έρχεται συνέχεια, θα πρέπει να πάτε και οι δύο σε κάποιον από τους ναούς μας».

Το βράδυ, πήγαν και οι δύο στον κοντινό ναό Bhagwati. Προσευχήθηκε εσωτερικά στον Bhagwati στεκόμενη μπροστά στον Sreekovil κρατώντας τα χέρια της στο στήθος της

«Θεά μου, σε παρακαλώ να μας προστατεύεις πάντα».

Όταν άνοιξε τα μισόκλειστα μάτια της και κοίταξε το είδωλο της θεάς, είδε μια εξαιρετική αύρα γύρω του! Τα φωτιστικά μπροστά από τη θεά φάνηκαν ξαφνικά να αυξάνονται σε φωτεινότητα. Σαν να είχε κάτι να της πει η θεά! Ή απλά ένα συναίσθημα; Έμεινε κατάπληκτη.

«Μπαγκαβάτι σε παρακαλώ κράτα μας ασφαλείς». Προσευχήθηκε πάλι μέσα της.

Και οι δύο έλαβαν το πρασαντάμ και έδωσαν το Dakshina στο poojari.

«Έρχεσαι πάντα εδώ; ρώτησε ο Σουμες.

«Όταν πάω σπίτι, θα έρθω να προσκυνήσω τουλάχιστον μια φορά».

«Ενιωσα μια ζεστή αίσθηση στο σώμα μου εκεί. Μεγάλη εμπειρία!»

«Αν καλέσουμε, αυτή η θεά θα απαντήσει αμέσως στο κάλεσμά μας. Οι πιστοί είχαν πολλές τέτοιες εμπειρίες εδώ. μπορούμε να έρθουμε εδώ όποτε ερχόμαστε, Σουμεσέτα». Ενθουσιάστηκε.

Έστειλαν τα παιδιά τους στα σπίτια τους αφού τους έδωσαν δείπνο. Η μητέρα της έδωσε λάδι καρύδας που την έφτιαχνε ειδικά και φακές σκόνη ξεχωριστά. Επίσης, μερικές συμβουλές. «Πρέπει να λούζεσαι με λάδι κάθε μέρα, να φροντίζεις τα μαλλιά σου, να προσέχεις το σώμα σου, να κάνεις ό,τι θέλει, να υπακούς στον πατέρα και τη μητέρα σου, αυτό είναι το σπίτι σου τώρα, ακόμα κι αν αντιπαθείς μην πεις τίποτα... και ούτω καθεξής.Η συμβουλή της μητέρας συνεχίστηκε.

Το έχει ακούσει πολλές φορές, αλλά παρόλα αυτά, άκουγε τα πάντα σιωπηλά.

Η Viji είναι ενεργή στα social media. Έχει κάνει πολλά «TikTok». Πολλά πράγματα έχουν γίνει viral. Δεν έχει καταφέρει να κάνει τίποτα μετά τον γάμο. Για τον Sumesh, όλα αυτά είναι σαν αισχρότητα ή κάτι τέτοιο. Ήθελε να γίνει μέλος της Sumesh και να κάνει TikTok κλπ, αλλά σύντομα κατάλαβε ότι δεν ήταν δυνατό. Είναι απασχολημένος με τη δουλειά του. Έρχεται πάντα αργά μετά τη δουλειά.

Πέρασαν μήνες. Ο Viji προσπαθεί να προσαρμοστεί στα χαρακτηριστικά του Sumesh όσο το δυνατόν περισσότερο. Μπορεί να ειπωθεί ότι ο Sumesh είναι τυχερός που την έχει γυναίκα του. Αν ήταν κάποιος άλλος, η εικόνα θα ήταν διαφορετική μέχρι τώρα.

Τότε πλησίασε η τελική εξέταση. Έπρεπε να πληρωθούν τα δίδακτρα των εξετάσεων. Μαζί με αυτό πρέπει να καλύπτονται και τα δίδακτρα του κολλεγίου και άλλα έξοδα. Είχε ήδη ξοδέψει όσα χρήματα είχε μέχρι τότε. Έτσι, όταν ρώτησε τον Sumesh, θύμωσε. Δεν του αρέσει να ξοδεύει χρήματα για αυτήν. Αν ζητούσε κάτι να ξοδέψει, θα έκανε δυνατό θόρυβο ξεχνώντας ξεδιάντροπα τις εγκαταστάσεις. Είναι ένα είδος εκβιασμού

«Η οικογένειά σου δεν μου έχει δώσει χρήματα, αν θέλεις, ζήτησε από το σπίτι, μη με κοιτάς». Θύμωσε.

Ο Βίτζι ένιωσε σαν ένα χαστούκι στο πρόσωπο. Έφερε εκατόν ένα χρυσό pavan, ένα αυτοκίνητο Honda City, ασορτί ρούχα και όλα τα άλλα ακριβά αντικείμενα που παρουσιάστηκαν. Χρειάστηκε ένας μήνας για να τελειώσει τα γλυκά όπως αχαππάμ, κοζαλαππάμ κ.λπ. που έφεραν από το σπίτι της. Ωστόσο, τότε ο Sumesh το λέει αυτό.

Όταν έμενε στον ξενώνα και χρειαζόταν χρήματα, ο πατέρας της την έδινε αμέσως με οποιονδήποτε τρόπο με απλή κλήση.

«Να ξαναρωτήσω την οικογένεια; Τι να έλεγα και να ρωτήσω;» Σκέφτηκε, «Υπάρχουν ακόμα τέτοιοι άνθρωποι;». αναρωτήθηκε εκείνη.

Τελικά, είπε στη μητέρα του Sumesh.

«Δεν έχει δίκιο; Η οικογένεια δεν του έδωσε χαρτζιλίκι και ούτως ή άλλως όλα στο σπίτι σου είναι δικά σου; Δεν είναι κακό να τους ρωτάς. Τέλος πάντων, θα τον ρωτήσω», είπε η μητέρα.

Αργότερα άκουσε κάποια συζήτηση μεταξύ μητέρας και γιου. Τέλος πάντων, η Sumesh πλήρωσε το τέλος. Η Βίτζι ήταν σε τέτοια κατάσταση που δεν ήξερε τι να κάνει. Είναι τόσο αγενής ο άντρας της; Όταν τα σκέφτηκε όλα αυτά, ένιωσε μεγάλη απογοήτευση. Ξόδεψε όλα τα χρήματα που είχε μέχρι τώρα χωρίς να ψάχνει τι και σε ποιον. Αλλά τώρα που χρειαζόταν χρήματα;

Χρειάζονται χρήματα για πολλά πράγματα για σπουδές. Ένιωθε άσχημα που του ζητούσε χρήματα. Εν τω μεταξύ, μια μέρα που ήρθαν οι γονείς της να τη δουν, ζήτησε χρήματα και κατέθεσαν τα χρήματα στον λογαριασμό της.

Έτσι, η Sumesh γοητεύτηκε όταν άρχισε να ξοδεύει χρήματα για όλα και πάλι. Θα ξόδευε πολλά πράγματα με τα λεφτά της. Λοιπόν, πόσο πιθανός θα ήταν εκείνη τη στιγμή. Η Sumesh την εκμεταλλεύεται; Άρχισε να γίνεται καχύποπτη και αγανακτισμένη απέναντί του. Δεν ήθελε καν να του μιλήσει και έμεινε αδιάφορη. Βλέποντας την προθυμία του να ξοδέψει τα χρήματά της, μια μέρα ρώτησε.

«Γιατί μπήκες στον κόπο να με παντρευτείς αν δεν έχεις τίποτα να ξοδέψεις για μένα;» Στο άκουσμα αυτό, πήδηξε κακοποιώντας την.

Μέρος -5

"Τι είπατε; Μεγάλωσες για να με ρωτήσεις;» φωνάζοντας έτσι, της χτύπησε δυνατά με την παλάμη του στο κοκκινωπό της μάγουλο.

Έκλαψε δυνατά. Εκείνος την κοπάνησε ξανά.

Ήταν η μοναχοκόρη των γονιών της που τη μεγάλωσαν χωρίς να της έχουν πονέσει μέχρι σήμερα. Τώρα τα αποτυπώματα των χεριών του είναι στα λευκά της μάγουλα. Σωματική κακοποίηση στα χέρια αυτού που την παντρεύτηκε! Αλίμονο;

Ο πόνος του ξυλοδαρμού ήταν από τη μια πλευρά και η ντροπή να το γνωρίζω από την άλλη. Οι γονείς του ήρθαν τρέχοντας αφού άκουσαν το κλάμα και τον θόρυβο της.

Βηματίζει ανήσυχα εδώ κι εκεί. όταν είδε τον πατέρα του, άρχισε να γκρινιάζει.

«Δεν τη θέλω, δεν την ήθελα, όλοι αναγκαστικά με βάλατε να τη δέσω. Ποτέ δεν σκέφτηκα ότι μπορεί να έρθει να με μαλώσει. Δεν θα τη γλυτώσω. Δεν θα αφήσω κανέναν να μου πει κάτι τέτοιο όσο ζω».

ενώ φώναζε έτσι, κι εκείνος δυνάμωνε όλο και περισσότερο και έτρεξε κοντά της με τα σηκωμένα χέρια και στάθηκε σαν να την τραμπουκίζει. Οι γονείς του προσπαθούσαν να τον εμποδίσουν στέκοντας μπροστά της.

«Άφησέ την από εδώ και πάρε την αμέσως σπίτι». Συμβουλή της μητέρας.

«Κατέβα γρήγορα, μπορώ να σε πάω σπίτι αμέσως με το αυτοκίνητο.» φώναξε.

Μέχρι εκείνη τη στιγμή ο πατέρας του ύψωσε τη φωνή του και μίλησε

«Κανείς δεν πάει πουθενά εδώ. Αφήστε την να μείνει εδώ. Εσύ πήγαινε στη δουλειά σου».

Η Σούμες βγήκε από το δωμάτιο. Ο πατέρας έχει κάποιες γνώσεις. Ξέρει καλά ότι ο γιος του κατηγορείται.

Ο Βίτζι πήγε για ύπνο και έκλαψε. Έκλεισε την πόρτα αλλά δεν κλείδωσε φοβούμενη μην την κλωτσήσει και προκαλέσει σάλο. Σήμερα είναι η μέρα που πρέπει να πάει στο κολέγιο. Άρχισε να τρέμει από θυμό και αγωνία.

«Αρκούσε να παντρευτώ οποιονδήποτε άλλο υπάλληλο. Δεν θα υπήρχε κανένα από αυτά τα προβλήματα. Θα χρειαστεί πολύς χρόνος μέχρι να αρχίσει να κερδίζει ως γιατρός». Η μητέρα έδειξε επίσης εκνευρισμό.

«Σταμάτα, δεν έχεις μια τέτοια κόρη; Πρέπει να σταματήσεις», επέπληξε ο πατέρας και άρχισε να τη συμβουλεύει.

Η Sumesh έγινε ήρεμη μετά από κάποιο θόρυβο και καβγάδες σαν τον τελικό ενός πόνου τοκετού. Ξάπλωσε στο κρεβάτι και προσπάθησε να θυμηθεί τα μαθήματα που είχε πάρει ένα προς ένα. Άτομα με διάφορες νοητικές αναπηρίες, αναπηρίες συμπεριφοράς και μαθησιακές δυσκολίες. Όταν σκέφτηκε τόσους ανθρώπους, ένας φόβος άστραψε μέσα της. Θεέ μου, είναι όλο αυτό κάτι τέτοιο; «Θεά μου, γιατί με δοκιμάζει αυτό; Τι έκανα λάθος; Τηλεφώνησε στον Ντέβι και έκλαψε.

Θυμήθηκε ξανά. Πόσο ευγενικά μιλούσαν όταν κάλεσαν ο ένας τον άλλον στο τηλέφωνο μετά τον αρραβώνα. Δεν έλειψε το φλερτ. Αλλά δεν ένιωσε ποτέ ότι δεν είχε την καρδιά να σεβαστεί τους άλλους;

Ξάπλωσε εκεί γυρνώντας συχνά και από τις δύο πλευρές, σκεφτόταν τα πάντα και αποκοιμήθηκε σε λίγο.

Μετά από λίγο ήρθε η πεθερά του και της τηλεφώνησε.

«Πήγαινε να κάνεις μπάνιο και προσπάθησε να φας κάτι. Μην τον μαλώνετε. Απλώς έχει πάρα πολύ θυμό. Είναι πολύ τρυφερός και ανόητος».

Δεν απάντησε τίποτα. Μεγάλωσε τον γιο της ως ανώριμο και τώρα ομολογεί!

Στο μεταξύ, ο Σούμες έκανε το μπάνιο του και έφαγε το πρωινό που του είχε δώσει η μητέρα του και πήγε στο καθήκον.

Σκέφτηκε τα πάντα και βόγκηξε και βούιξε και πετούσε και γύριζε και κοιμήθηκε μέχρι το μεσημέρι. Όταν σηκώθηκε, άρχισε να σκέφτεται.

«Να το πω στο σπίτι; δεν θα ντρέπονταν αν το έλεγα; δεν θα ανησυχούσαν; Είναι καλύτερα να μην το ξέρει κανείς».

Δεν μίλησε σε κανέναν και πήρε λίγο φαγητό από την κουζίνα και έφαγε.

Ήταν περισσότερο τραυματισμένη από ψυχικό πόνο παρά από σωματικό πόνο. Μέχρι σήμερα, δεν έχει φέρει καμία ντροπή στον εαυτό της ή στην οικογένειά της. Τώρα υποφέρει από συκοφαντική δυσφήμιση. τι ετυμηγορία!

Τότε ο πεθερός της ήρθε κοντά της και μίλησε.

«Μην τσακώνεστε όταν έρθει. Θα το ξεχάσει. Μερικές φορές είναι θυμωμένος. Αυτό είναι όλο. Είναι πολύ αγαπητός και υπάκουος. Μην του πεις κανένα αστείο. Απλά μείνε εδώ κοιτώντας μας όλους. Μην προσπαθείς να διαφωνήσεις. Αν θέλετε κάτι άλλο, απλώς κάντε το».

Η βλακεία του πατέρα για να αποφύγει κανένα πρόβλημα. Τι θα σκεφτόταν αν η ζωή της κόρης του ήταν έτσι; Ένιωθε περιφρόνηση γι' αυτόν.

Το βράδυ, ο Sumesh ήρθε μετά τη δουλειά ως συνήθως. Μπήκε στο δωμάτιο και άλλαξε φόρεμα. Ο πατέρας του είχε δίκιο. δεν υπήρχε τέτοια έκφραση στο πρόσωπό του για το τι είχε συμβεί. Καθόταν στο κρεβάτι. Ήρθε κοντά της και κάθισε δίπλα της. Της κράτησε το χέρι. Της χάιδεψε το πρόσωπο και μίλησε.

«Θα σου δώσω πόσα χρήματα χρειάζεσαι, μην ανησυχείς». Εκείνη την ώρα τα ξεχνάει όλα και ακούμπησε στο κορμί του λέγοντας χαμηλόφωνα.

«Ο πατέρας και η μητέρα μου δεν με έχουν χτυπήσει ακόμα. Ήταν η μέρα για να πάω στο κολέγιο. Δεν μπορούσα να πάω. πονάω». Τα δάκρυα κύλησαν στο μάγουλό της»

Η έκφραση του Σούμες άλλαξε ξαφνικά. Ταράχτηκε και είπε με δυνατή φωνή.

«Αν κάποιος με κακομεταχειριστεί, θα είναι έτσι. Όλα έγιναν εξαιτίας της πράξης σου

«Thonnyasa και Pokrittara. Όλα είναι η φύση σου. Δεν θα επιτρέψω σε κανέναν να μου διδάξει κάποια νέα πρακτική».

Μέρος-6

Τώρα ο Βίτζι κατάλαβε ένα πράγμα. Ο Sumesh δεν ήρθε κοντά της όχι επειδή μετάνιωσε ή ένιωθε ένοχος για αυτό που είχε συμβεί. Όσο κι αν σκεφτόταν τι είχε κάνει λάθος μόνο και μόνο για να δεχτεί ένα χαστούκι, δεν μπορούσε να καταλάβει. Τι είναι όλα αυτά; Κάλυψε το πρόσωπό της και έκλαψε.

Στάθηκε εκεί και ξαναφώναξε.

«Θα πρέπει να είναι καλύτερα για σένα να μείνεις στο σπίτι σου. Σας γλιτώ μόνο και μόνο επειδή σκέφτομαι την τιμή της οικογένειάς μου».

Αφού το άκουσε αυτό, είχε τελειώσει και η τελευταία της προσδοκία. Δεν υπάρχει τίποτα να ελπίζεις. Της ήταν σχεδόν ξεκάθαρο ένα περίγραμμα της ζωής της. Αργότερα έγινε αδιάφορη και σχεδόν σιωπηλή.

Τότε ήρθε το τηλεφώνημα της μητέρας της.

«Ω μάνα», σήκωσε το τηλέφωνο με μια πολύ χαρούμενη έκφραση και άρχισε να μιλάει.

«Είμαι καλά, μαμά, όλοι είναι καλά. Δεν πήγα σήμερα. Είχα λίγο πονοκέφαλο όταν σηκώθηκα το πρωί, οπότε δεν έφυγε. ξεκουράστηκα. Ο Σουμεσετάν ήρθε μετά τη δουλειά και πίνει τσάι. τι γίνεται με αγαπητέ μπαμπά;"

Η μητέρα έδωσε το τηλέφωνο στον πατέρα. Τον συμβούλεψε να προσέχει την υγεία του και να περπατάει καθημερινά. Αφού μίλησε για δύο λεπτά, άφησε το τηλέφωνο κάτω.

Εκείνη την ώρα άρχισαν να τρέχουν δάκρυα από τα μάτια της.

Ακούγοντας το τηλεφώνημα, τα τρία άτομα άκουσαν. Ευτυχώς, δεν το τράβηξε, σκέφτηκε. Μετά σηκώθηκε και του πήρε τσάι.

Η αδερφή του Σουμες τηλεφωνούσε από καιρό σε καιρό. Αλλά μετά από αυτό το περιστατικό, οι κλήσεις σταμάτησαν. Γιατί να μείνει εδώ απομονωμένη σε αυτό το σπίτι; Ανησυχούσε.

Τώρα ο Viji δεν είναι παλιός Viji. Δεν μιλάει πολύ σε κανέναν. Ειδικά σε αυτόν. Δεν ειπώθηκαν αστεία. Ακόμα και τότε θα κατηγορούσε,

"Τι συνέβη στη γλώσσα σου πρόσφατα"

"Δεν υπάρχει τίποτα ιδιαίτερο να πω Sumeshetta, τι να πω." Έδειξε αδιαφορία.

Βυθίστηκε στις σπουδές της και περνούσε το χρόνο της στα social media όταν εκείνος έλειπε.

Οι μέρες κυλούσαν έτσι. Μια μέρα, όταν τηλεφώνησε στον πατέρα της, έμαθε ότι ένιωθε ζάλη και μεταφέρθηκε στο νοσοκομείο. Δεν είπε τίποτα αναλυτικά. Τώρα λέει ότι ζαλίζεται πολλές φορές. Ένιωθε άβολα. Γερνάει, Θα έχει κάτι στραβά μαζί του; Όσο περισσότερο σκεφτόταν, τόσο περισσότερο άρχισε να ανησυχεί. Καθώς ήταν διακοπές, ο Sumesh ήταν στο σπίτι.

«Σουμεσέτα, η μητέρα μου είπε ότι ο πατέρας μου δεν αισθάνεται καλά. Πρέπει να πάω σπίτι».

«Τι έπαθε ο πατέρας σου;»

«Η μητέρα είπε ότι ζαλιζόταν· έτσι έχει συμβεί πολλές φορές τώρα. Πάμε να ρίξουμε μια ματιά, Σουμεσέτα.

«Κανείς δεν παθαίνει ζαλάδες; Θα φύγει με φάρμακο».

«Όχι Έττα, δεν είναι δωρεάν σήμερα, πάμε». Εκείνη επέμεινε. Θύμωσε.

"Αυτό το τηλεφώνημα είναι από μόνο του. Κανείς δεν πρέπει να τηλεφωνήσει πια από αυτό το σπίτι." Μετά σηκώθηκε και πήρε το τηλέφωνο. Αν θυμώσει, θα αυξηθεί και η δύναμη του σώματός του.

Αλλά δεν το έβαλε κάτω και επέμεινε ξανά λέγοντας «θέλω να φύγω. Δεν ένιωθε κανένα φόβο.

«Αν σου πω να μην πας τώρα, τότε μην πας, ξέρεις τη ζεστασιά του χεριού μου»

Αφού άκουσαν τη συνομιλία τους, παρενέβησαν ο πατέρας και η μητέρα

«Αν δεν έχεις χρόνο, άφησέ την να φύγει μόνη της»

Στην αρχή ήταν απρόθυμος αλλά αργότερα συμφώνησε να φύγει.

«Το καλύτερο σου αυτοκίνητο είναι ξαπλωμένος, φώναξε έναν οδηγό και πήγαινε».

Κοροίδευε ξανά και ξανά αλλά εκείνη δεν την ένοιαζε. Τώρα ακούγεται ότι δύο τρεις φορές δεν αισθάνεται καλά. Κάτι μπορεί να μην πάει καλά μαζί του. Όλη της η προσοχή ήταν στον πατέρα της. Άλλαξε φόρεμα και έφυγε μόνη της. Ο πατέρας και η μητέρα δεν είπαν λέξη. Ήταν σαν ένας ψίθυρος που έλεγε: «Δεν είναι η αγάπη της για τον πατέρα της, αφήστε την να φύγει μόνη της;» Είπε ότι το καλύτερο αυτοκίνητο ήταν ακριβώς εκεί. Όταν το σκέφτηκε, ένιωσε θυμό και λύπη, αλλά η καρδιά της ήταν γεμάτη από τον πατέρα του.

Όταν έφτασε στο σπίτι, συνάντησε τον πατέρα της και γνώρισε τις λεπτομέρειες, ένιωσε ήσυχη. έλεγξε τη συνταγή που έδωσε ο γιατρός. τον έλεγξε όπως ξέρει.

«Γιατί ήρθες μόνος σου, Σούμες, γιατί δεν ήρθε; Δεν είναι αργία σήμερα;»

«Κάτι απασχολημένο στο γραφείο. Ο πατέρας και η μητέρα του μου είπαν να πάω μόνοι. Δεν μπορώ να πω πότε θα φτάσει το Sumeshetan. Έτσι, πήγα μόνος. Μου είπαν να τηλεφωνήσω αν υπήρχε κάποια δυσκολία».

«Αλλά ναι, είναι ένας τρυφερός άνθρωπος», είπε ο πατέρας.

«Ας είναι έτσι», είπε στο μυαλό της.

Ό,τι κι αν συμβεί, φέρτε τον μαζί του», συμβούλεψε η μητέρα.

Ο Viji κάλεσε ένα ταξί της Uber την ίδια μέρα και επέστρεψε. Ο Sumesh, ο πατέρας ή η μητέρα του δεν άρεσε αυτό το να πηγαινοέρχεται.

"Πώς είναι;"

"Δεν πειράζει, ξεκουράζεται." Δεν εξήγησε περαιτέρω.

«Λοιπόν, αυτό δεν ήταν το κόλπο του για να δει την κόρη του;» Πάλι ο σαρκασμός του.

Δεν προσποιήθηκε ότι το άκουσε.

Μέρος -7

Οι μέρες πέρασαν ξανά. Ο Σούρες θα πήγαινε στη δουλειά ως συνήθως. Μερικές φορές έβγαιναν και οι δύο έξω. Όση αγάπη κι αν πάει οπουδήποτε, θα υπάρξει σύγκρουση. Έχει ήδη προσαρμοστεί ψυχικά σε αυτή την κατάσταση.

Μιλάει πάντα στους γονείς του χαμηλόφωνα χωρίς να της επιτρέπει να ακούσει όλες τις λεπτομέρειες του σπιτιού. Τι είναι τόσο μυστικό σε αυτό το σπίτι; Ήταν λίγο έκπληκτη

Γενικά δεν υπάρχει ανοιχτή συζήτηση στο σπίτι στις μέρες μας. Δεν υπάρχει καυγάς ή θόρυβος, αλλά η ατμόσφαιρα αγάπης έχει χαθεί. Η ζωή σιγά σιγά γίνεται αυτόματη. Τώρα δεν του λέει για καμία από τις επιθυμίες της. Ταυτόχρονα, εκπληρώνει όλες τις επιθυμίες του χωρίς να τον ρωτήσει τίποτα. Γι' αυτό ο Sumesh είναι πολύ χαρούμενος. είχε ακούσει ότι στο παρελθόν η «Seelavati» έπαιρνε τον λεπρό σύζυγό της στον οίκο ανοχής στον ώμο της. Κατάλαβε πολύ καλά ότι ο Σούμες κρατούσε στο μυαλό του έναν τέτοιο Σιλαβάτι. Ταυτόχρονα πρόσεχε να μην τον εκνευρίσει.

Στο μεταξύ ήρθε και ο γάμος της φίλης της, Ρεμύα που σπουδάζει μαζί της. Η Sumesh ήταν ειδικά προσκεκλημένη από αυτήν. Αποφάσισαν να πάνε μαζί. Αλλά πρέπει να της κάνει κάποιο πολύτιμο δώρο. Είχε κάνει ένα τέτοιο δώρο στον γάμο της.

«Δεν θέλουμε να παίξουμε με το να κάνουμε δώρα εδώ. Αν θέλεις, μπορείς απλά να πας και να παρευρεθείς, ούτε εμένα μου έχει δώσει τίποτα από κανέναν».

Ένας άλλος γιατρός της Αγιουρβέδα που της είναι επίσης οικείος παντρεύεται τον καλύτερό του φίλο., επέμεινε ότι δεν μπορούσε να το αποφύγει.

«Αν δεν το έχεις, μπορώ να το αγοράσω από τον πατέρα μου», είπε.

Στην αρχή, ζήτησε από τη μητέρα του να κρατήσει όλα τα κοσμήματα που της είχαν δώσει για το γάμο. Αργότερα, η θεία του Βίτζι που εργάζεται σε τράπεζα παρενέβη και τους βοήθησε να το κρατήσουν στο ντουλάπι. Όλα τα κοσμήματα που είχε φέρει είναι στο ντουλάπι του, οδηγεί μόνος του το αυτοκίνητό της Honda City. ενώ βρίσκεται σε μια κατάσταση όπου δεν είναι σε θέση να πληρώσει ούτε για τα χρήματα του λεωφορείου. Υπάρχει τέτοια ζωή; Άφησε μια βαθιά ανάσα.

Μια μέρα είπε σε κάποια περίσταση.

«Πόσες προτάσεις γάμου έχουν έρθει; Παρόλο που έχω τόσο καλή δουλειά, η μοίρα μου είναι να πάρω αυτό το παλιού τύπου αυτοκίνητο».

Δεν απάντησε καθώς ήταν εξοικειωμένη με τέτοιες συζητήσεις. Επιπλέον, δεν ξέρει καν πόσος είναι ο μισθός του συζύγου της. Δεν έχει τέτοιες επιθυμίες. Υποχωρεί στις επιθυμίες του όσο μπορεί για να μην ταπεινωθεί μπροστά σε άλλους.

Επιπλέον, έχει επίσης συνειδητοποιήσει ότι είναι απίθανο να έχει την κοινή λογική να γνωρίζει τα συναισθήματα του συνανθρώπου του σε αυτή τη ζωή.

Αλλά όσο και να κρατηθούμε, θα είμαστε αδύναμοι σε κάποιες στιγμές. Δεν κατάλαβε καλά το αστείο για το σημερινό παλιό αυτοκίνητο. Είπε,

«Αν είναι παλιό αυτοκίνητο, γιατί να μην το δώσεις πίσω και να αγοράσεις ένα άλλο καλό;».

«Τι αστειεύεσαι; Πλάκα μου κάνεις; Είναι ένα βρώμικο αυτοκίνητο. Υπάρχουν τόσα πολλά ωραία αυτοκίνητα. Να θυμάστε ότι είμαι ελεγκτής οχημάτων. Τι είδους αυτοκίνητα βλέπω κάθε μέρα; Θα μπορούσε ο πατέρας σου να μου δώσει ένα ωραίο αυτοκίνητο; Είναι γενναιοδωρία μου να σε παντρευτώ χωρίς δουλειά. Αν είσαι ευγενικός και υπάκουος, μπορείς να μείνεις εδώ αλλιώς όχι».

Και μετά, μέσα στον ενθουσιασμό αυτών των λέξεων, της έδωσε ένα χτύπημα με αυτό το δυνατό χέρι. Εκείνη τη στιγμή, εν αγνοία της, βγήκε από την καρδιά της μια κραυγή «κακών». Δεν ένιωθε καμία ντροπή.

«Ποιος είναι ο κακός σου, θα με πεις κακό; είπε πάλι ο Σουμες.

«Γιατί είσαι τρελός;» φώναξε εκείνη. Πατέρας και μητέρα ήρθαν τρέχοντας αφού άκουσαν τον θόρυβο.

"Τι συνέβη;"

«Δεν μπορώ να ζήσω μαζί της ούτε για ένα δευτερόλεπτο. Δεν είστε όλοι δεμένοι στο κεφάλι μου; Δεν πρέπει να είναι σε αυτό το σπίτι ούτε για ένα δευτερόλεπτο. Σήκωσε το τηλέφωνο και φώναξέ τους να την πάρουν μακριά».

Οι γονείς της είναι επίσης μεγάλοι. Αν το ακούσουν αυτό; Είναι εντελώς αναστατωμένη όταν το ακούει αυτό. Σηκώθηκε από εκεί.

Είπε, «Μην τους τηλεφωνείς, θα πάω».

Όμως πήρε το τηλέφωνό της και τηλεφώνησε στον πατέρα της.

«Αν θέλεις την κόρη σου, καλύτερα να την πάρεις αμέσως. Δεν θέλουμε να κρατήσουμε αυτό το κάθαρμα εδώ, φτάνει». Αφού το είπε αυτό έκοψε το τηλέφωνο.

Το τηλέφωνο άρχισε να χτυπάει συνέχεια. Ήταν από το σπίτι της. Δεν το πήρε και απάντησε. Δεν της επέτρεψε επίσης να το αγγίξει. Άρχισε να κλαίει.

Μέρος- 8

Η σωματική κακοποίηση, ο εξευτελισμός και η κατάσταση στο σπίτι. Δεν μπορεί καν να το σκεφτεί. Τι αβοήθητη κατάσταση. Πώς μπορεί αυτή, που είναι αθώα, να τα αντέξει όλα αυτά;

Όταν μείνει στον ξενώνα, αν δεν πάρει τηλέφωνο καμία μέρα, ο πατέρας της θα πετάξει μέχρι εκεί. Αν μαραθεί το πρόσωπό της, δεν θα το αντέξουν. Ένα τόσο φροντισμένο μωρό βασανίζεται από αυτόν εδώ. Τι μοίρα!

Δεν είναι εξαιτίας αυτού που μια γυναίκα ονομάζεται Abala; Μπορεί να μην είναι Abala επειδή πήρε ένα βαρύ δίπλωμα οδήγησης σαν άντρας ή να σκαρφαλώσει σε μια καρύδα;

Όσο για τη Viji, δεν υπήρχαν τέτοια χαρακτηριστικά της νέας γενιάς στην εμφάνιση ή τη συμπεριφορά της. Η Αγιουρβέδα, μέρος της Chaturveda, ήταν το αντικείμενο μελέτης της. Υπήρχε πάντα μια θεότητα στο πρόσωπό της.

Οι γονείς του Sumesh έμειναν έκπληκτοι βλέποντας το κλάμα και το θόρυβο του Viji. Τι να κάνουμε, τι να πω, δεν υπάρχει περίπτωση. Ο Βίτζι είναι ξαπλωμένος εκεί αβοήθητος. Τι θα πουν στον πατέρα και τη μητέρα της; ήταν λάθος να τους κρύβεις τα πάντα τόσο καιρό;

Μετά από περίπου μία ώρα, οι γονείς με τον θείο της και τον αρχηγό της κοινότητάς τους έφτασαν εκεί.

Οι τρεις τους διηγήθηκαν με υπερβολή για τους καβγάδες, τους καβγάδες, τα αισθήματα, την ανυπακοή κ.λπ. με μεγάλη αηδία.

«Αν είναι αξιοπρεπής, θα είμαι κι εγώ. Διαφορετικά, θα της δείξω τον πραγματικό μου χαρακτήρα. «Αν είναι ευγενικό», το ξαναλέω». Φωνάζει.

«Αν είναι αυτή η κατάσταση εδώ, καλύτερα να την πας πίσω στο σπίτι», είπαν οι γονείς της με αγωνία και απογοήτευση.

Συζήτησαν όλα τα πράγματα για πολλή ώρα. Δεν μίλησε ακόμα για τη σωματική του βλάβη λόγω ντροπής. Ταπεινώνεται συνεχώς εξαιτίας της κακής φύσης του. Τέλος, έπρεπε να το πει ανοιχτά ότι είναι αλαζονικός και βίαιος όταν θυμώνει και πάντα καβγαδίζει. Έπρεπε επίσης να αποκαλύψει ότι δεν το είπε στους γονείς της για να μην τους ανησυχήσει.

Ήταν πολύ συμπαθητικό να δει το κρίμα στο πρόσωπο των γονιών της εκείνη την εποχή.

«Καλός δημόσιος υπάλληλος. Πηγαίνει στη δουλειά και παίρνει μισθό και φροντίζει την οικογένεια. Δεν πίνει, δεν καπνίζει και δεν έχει κακές συνήθειες». Οι γονείς περιέγραφαν τα χαρακτηριστικά χαρακτήρα του γιου τους.

Μετά από μια μακρά συζήτηση, στο τέλος της διαμεσολάβησης, ο Sumesh τους είπε ότι αγαπάει πολύ τη Viji και δεν θέλει να την αφήσει. Υπάρχει μόνο μία προϋπόθεση για αυτόν ». Μην μαλώνετε ». Δεν είχε κάποια συνεπή φύση.;.

Ο Viji εξήγησε επίσης ότι ο λόγος για την τρέχουσα σύγκρουση ήταν εξαιτίας αυτού του αυτοκινήτου.

«Μόνο όταν θυμώνει είναι πρόβλημα ή αλλιώς είναι εντάξει. Δεν θέλω να φύγω».

Το ίδιο είπε και σε αυτούς. Το είπε επειδή ήταν πρόθυμη για τους γονείς της. Από πού πήρε τόση δύναμη αυτό το κορίτσι;

Αφού άκουσε τα πάντα, ο αρχηγός ένιωσε ότι «Εδώ είναι που όλα τα κορίτσια κάνουν λάθος. Σκέφτονται την ντροπή και υπομένουν τα πάντα. Τι λείπει από το σπίτι της; Όμως ο φόβος της κοινωνίας και η σκέψη να μην ανησυχήσει τους γονείς της. Πόσο αντέχει για αυτό!».

Δεν είναι ο πόθος για χρήματα και η σωματική απόλαυση φεύγοντας από το ντάρμα, η αιτία όλων των προβλημάτων που παρατηρούνται στην κοινωνία στις μέρες μας.; Γιατί η κοινωνία μας δεν σκέφτεται έτσι; Οι ηλικιωμένοι πρέπει πρώτα να ξέρουν πόση ηθική σκέψη χρειάζεται για να είναι η ζωή ειρηνική και πόσες επιθυμίες μπορεί να είναι στη ζωή μας...

Η διαμεσολάβηση έχει πλέον τελειώσει. Ωστόσο, η οικογένειά της δεν έχει μάθει τίποτα. Αποφάσισαν να μου δώσουν άλλο αυτοκίνητο αλλάζοντας το. Καθώς και οι δύο δεν ενδιαφέρθηκαν για χωρισμό, η απόφαση ήταν εύκολη για τους διαιτητές. Δυστυχώς, κανείς δεν ανέφερε το θέμα της σωματικής του κακοποίησης. Τέλος πάντων, κάποιο 'ορθογραφικό λάθος' το έπιασαν όλοι.

Επιτέλους, συμβουλεύτηκαν και οι δύο να μην χειροτερεύουν τα ασήμαντα πράγματα υπερβάλλοντας και να είναι και οι δύο προσεκτικοί σε όλα τα πράγματα και μετά.

Η μητέρα της Βίτζι θέλει να πάρει την κόρη της μαζί τους. Αυτή η μητέρα φοβόταν πολύ. Δεν ήθελε να μείνει εκεί σε αυτή την κατάσταση. Πώς μπορεί κάποιος να επιστρέψει ειρηνικά σε αυτήν την κατάσταση.;

«Μα μετά αφήστε και τους δύο να πάνε εκεί για δύο μέρες».

Όλοι πήραν πάλι μια απόφαση. Ο Sumesh συμφώνησε επίσης με τον εξαναγκασμό του πατέρα του. Δεν έχει τόσο σταθερό χαρακτήρα. Όμως η μητέρα του ένιωσε αμφιβολίες.

Τέλος πάντων, όλα τα προβλήματα εκεί έχουν πλέον τελειώσει. Το μόνο που της έμεινε ήταν ότι δεν μπορούσε να πάει στο γάμο. που επιθυμούσε περισσότερο.

Οι μέρες κυλούσαν όπως παλιά. Ο Sumesh δεν είχε καμία ιδιαίτερη αλλαγή. Αλλά δεν άντεχε που η ειρηνική ζωή της άρχιζε να γίνεται γνωστή σε όλους. Αυτό ήταν πιο εκνευριστικό από τον πόνο στο σώμα της.

Η απληστία και ο εγωισμός του. Αν δεν ικανοποιήθηκε καλά, θυμώνει. Η αγάπη και το μίσος του δεν έχουν πολλή ζωή. δεν μπορεί να γίνει πιστευτός και επίσης δεν μπορεί να ειπωθεί τίποτα με ειλικρίνεια καθώς του λείπει μια σταθερή φύση. Ποιος ξέρει πότε θα τα φωνάξει όλα αυτά; Αυτή είναι η τελευταία φωτογραφία του.

Σιγά σιγά γινόταν σαν κούκλα. Τώρα δεν υπάρχει καν με κανέναν να μιλήσω ανοιχτά.

Τέλος πάντων, της είχε επιτραπεί να τηλεφωνεί στο σπίτι κάθε μέρα στη διαμεσολάβηση εκείνης της ημέρας. Πάντα τηλεφωνούσε στους γονείς της νομίζοντας ότι θα έπρεπε να ησυχάσουν

Μια μέρα όταν έφτασε σπίτι από το κολέγιο ήταν αργά. Ο Sumesh είχε ήδη φτάσει μέχρι τότε. Εκεί περίμενε ανυπόμονα.

Μέρος -9

«Πού ήσουν μέχρι τώρα; Δεν τελείωσε η εξέταση στις 5 η ώρα; έκλεισε το τηλέφωνο και πού πήγες;» ρώτησε.

Έρχεται κουρασμένη αφού περίμενε πολλή ώρα στο περίπτερο του λεωφορείου. Το τηλέφωνό της είναι απενεργοποιημένο. Αρκούσε να πει ότι άργησε να πάρει το λεωφορείο. Όμως η σκληρή ερώτηση την εκνεύρισε.

«Αρχίζεις να με κατηγορείς αμέσως μόλις έφτασα; Δεν ξέρεις ότι ήμουν στο κολέγιο;

«Αφήστε με να πιω ένα ποτήρι νερό. Ο λαιμός μου έχει στεγνώσει».

Αφού το είπε αυτό, πήγε στην κουζίνα και πήρε ένα ποτήρι νερό. Εκείνη την ώρα, ήρθε γρήγορα τρέχοντας και της έριξε το ποτήρι από το χέρι.

«Δεν σε ρώτησα πού πήγες; Θέλεις να με κοροϊδέψεις χωρίς να απαντήσεις;».

«Θεέ μου, ήρθα εδώ για να πιω νερό. Θεά μου! δεν με αφήνει να πιω ούτε ένα ποτήρι νερό εδώ».

Έβαλε το χέρι της στο κεφάλι της και κάθισε στο σκαμπό ξαπλωμένη στην κουζίνα και άρχισε να κλαίει.

«Έρχομαι με το λεωφορείο της γραμμής. Δεν ταξιδεύω με το αυτοκίνητό μου. Άργησε να πάρει το λεωφορείο. Δεν χρησιμοποιείς μόνος σου το κακό μου αυτοκίνητο;"

Όταν άκουσε για το αυτοκίνητο, έπαθε πάλι σοκ.

«Ναι, είναι το κακό σου αμάξι, έχεις αμφιβολίες; Αν ανοίξεις ξανά το στόμα σου, θα είναι το τέλος σου». Αφού το είπε, έτρεξε κοντά της και της έδωσε μια μεγάλη κλωτσιά.

Έπεσε από το σκαμνί και ξάπλωσε εκεί. Ωστόσο, ο θυμός του δεν εξαφανίστηκε. Την κλώτσησε για άλλη μια φορά στον μηρό της. Εκείνη ούρλιαξε.

«Θα πάρω το τηλέφωνο και θα καλέσω την αστυνομία. Και οι τρεις σας θα πιαστούν στο μαρτύριο της γυναίκας. Αλλά δεν το κάνω αυτό γιατί και ντρέπομαι γι' αυτό». Εκείνη ούρλιαξε.

Όταν το άκουσε επίσης, δεν μπορούσε να ελέγξει τον εαυτό του. την έσυρε κρατώντας τα μαλλιά και τη χτύπησε άγρια στο κεφάλι με το δυνατό του χέρι. Έπεσε και λιποθύμησε. Χωρίς να τη νοιάζει άρχισε να φωνάζει ξανά.

«Δεν ήρθες εδώ να μας αφήσεις όλους να μπούμε; Τι ωραία ιδέα!

Δεν θα σε αφήσω να πας πουθενά από εδώ». Όταν το έλεγε αυτό, λαχανιαζόταν.

Όταν δεν ακούστηκε καμία απάντηση, την κοίταξε. Είδε ότι ήταν ξαπλωμένη ήσυχα χωρίς καμία κίνηση στο πάτωμα. Όταν το είδε, ένιωσε ξαφνικά φόβο. Πήγε στις σκάλες της κουζίνας ήσυχα. Μετά από λίγο δεν άκουσε ούτε ήχο ούτε γκρίνια. Ήρθε αργά κοντά της και έβαλε τα χέρια του στη μύτη της. Χωρίς αναπνοή. Κανένα σημάδι ζωής. Ήταν σοκαρισμένος. Μετά βγήκε σιωπηλά σκεπτόμενος τι να κάνει.

Αυτή είναι μια ματιά στην πρακτικότητα των νόμων κατά της βίας των γυναικών!

Οι γονείς του δεν επεμβαίνουν αν ακούσουν έναν μικρό καυγά πρόσφατα. Αλλά τώρα ήρθαν να δουν γιατί δεν άκουγαν θόρυβο ή κίνηση. Αλίμονο! Αυτό το ηλικιωμένο ζευγάρι έμεινε έκπληκτο βλέποντας τη σκηνή εκεί.

Αργότερα μεταφέρθηκε στο νοσοκομείο. Μέχρι τότε η «ιστορία της» είχε τελειώσει. Τότε όλα όσα έγιναν εκεί είναι νοητά.

Όλες οι νόμιμες ενέργειες έγιναν από τις αστυνομικές αρχές. Ο Sumesh συνελήφθη και προφυλακίστηκε για θάνατο από προίκα. Ο κουνιάδος και η αδερφή του έκαναν ό,τι μπορούσαν για να το κάνουν ατύχημα λέγοντας ότι έπεσε στην κουζίνα και τράκαρε.

Αυτό όμως οι γέροι γονείς δεν μπορούσαν να το κρατήσουν με ψέματα για πολύ καιρό. Τα αποδεικτικά στοιχεία της περίστασης ήταν πλήρως εναντίον του. Αν και ο Sumesh ήταν χαμηλών τόνων και ανώριμος στη συμπεριφορά του, ήταν πολύ ειλικρινής με την οικογένειά του. Έτσι, δεν μπορούσαν να υποστούν την κατάσταση. Όλη η οικογένεια έκλαιγε δυνατά μάταια. Κανείς δεν είναι εκεί για να τους βοηθήσει. Οι νόμιμες διαδικασίες συνεχίστηκαν κανονικά. Τι γίνεται με τους γονείς της Viji; Η κατάστασή τους ήταν πολύ θλιβερή. Έκλαιγαν από μεγάλη απογοήτευση μετανιώνοντας που είναι οι μόνοι υπεύθυνοι για την καταστροφή της κόρης τους αφήνοντάς την εκεί ακόμα και αφού ήταν αμφίβολοι για την ασφάλειά της. Η Bhanumati, η μητέρα της νοσηλεύτηκε για πολλές μέρες. Παραλήρησε και πήρε τόσες μέρες για να συνέλθει. Ο ξάδερφός της που ήταν στο εξωτερικό ήρθε και τους βοήθησε χωρίς να ξέρει την απουσία της. Το πένθος του καλώντας την είχε κάνει όλους εκεί να κλάψουν.

"Βίτζι, δεν με έχεις, γιατί μας άφησες όλους;" Οι άνθρωποι εκεί προσπάθησαν πολύ να τον κρατήσουν μακριά από το σώμα της.

Τα μέσα μας, συμπεριλαμβανομένων των μέσων κοινωνικής δικτύωσης, έδιναν ειδήσεις με εικασίες για αρκετές ημέρες με διάφορες πόζες του θλιμμένου κόσμου σαν «είμαι μπροστά, είμαι μπροστά».

Όμως κάποιοι από τους στενούς συγγενείς τους άρχισαν κάποια κουτσομπολιά μεταξύ τους. Δεν υπάρχουν πληγές που να μην μπορούν να επουλωθούν με το χρόνο. Μετά από κάποιο χρονικό διάστημα, σίγουρα θα επιστρέψουν στο φυσιολογικό. Δεν θα τους πονέσει αυτή η είδηση; Είναι διαφωτισμός μας να εκθέτουμε την αδυναμία μας μπροστά στο κοινό; τι αγέλη ένστικτο της κοινωνίας!

Πέρασαν μέρες. Ο Sumesh τιμωρείται για κατάχρηση προίκας. Απολύθηκε από τη δουλειά του.

Ποιος ευθύνεται για αυτή την τραγωδία; Είναι ο Sumesh, ο οποίος είναι άπληστος και τσιγκούνης χωρίς να έχει τη δύναμη να αποδεχτεί τους άλλους; Ή μήπως η Viji πιστεύει ότι είναι κρίμα να εγκαταλείψει τον σύζυγό της, παρόλο που γνωρίζει ότι είναι ένας άνθρωπος χαμηλών τόνων και με καθόλου ηθική; Ή είτε οι γονείς της που παντρεύτηκαν την κόρη τους χωρίς να ρωτήσουν τίποτα για το αγόρι και λαμβάνοντας υπόψη μόνο τη δημόσια δουλειά του χωρίς καν να ολοκληρώσει τις σπουδές της; Ή οι γονείς του που δεν του έμαθαν να μπορεί να ζει ηθικά με πλατύ μυαλό αποδεχόμενοι και δίνοντας σεβασμό σε όλους; Οι κάθε είδους συζητήσεις συνεχίστηκαν για αρκετές ημέρες σε όλα τα μέσα ενημέρωσης.

Πέρασαν μήνες. Οι γονείς της Viji βρίσκονται τώρα στο μονοπάτι της υπηρεσίας αφοσίωσης. Τις περισσότερες φορές βρίσκονταν σε προσκυνήματα σε διάφορα μέρη. Κάνουν επίσης φιλανθρωπικό έργο. Η πνευματική ζωή τους έκανε μια νέα εκδοχή τώρα. Αλλά ο πατέρας του Sumesh δεν μπορούσε να συντηρήσει την κατάσταση καθώς ήταν τόσο αξιόπιστος με τον γιο του. Έφυγε από αυτόν τον κόσμο πριν από λίγο.

Τη μητέρα του πήρε η κόρη της, Sushmita. Κάπως αφήνουν τις μέρες τους. Η υπόθεση βρίσκεται ακόμη υπό εξέταση από το δικαστήριο

Ας βγει το διάταγμα και η κρίση από το δικαστήριο. Ας περιμένουμε να δούμε το υπόλοιπο μέρος αργότερα.

Σχετικά με τον συγγραφέα

Ρενούκα ΚΠ

Η Smt Renuka.KP είναι ντόπιος του N.Paravur στην περιοχή Ernakulam της Κεράλα ως κόρη του Late Sri.Parameswaran και του Late Smt.Kousalia. Μετά την αποφοίτησή της στα Οικονομικά, εισήλθε στην κυβέρνηση της Κεράλα. υπηρεσία και συνταξιοδοτήθηκε ως Tahsildar το 2017. Τώρα ασχολείται ενεργά ως διαδικτυακή συγγραφέας στην ανοιχτή πλατφόρμα Pratilipi και έχει λάβει πιστοποιητικό αξίας για την ιστορία της. Ασχολείται επίσης με τα social media και έχει δικό της κανάλι στο youtube. Δείχνει ξεκάθαρα την άποψή της για τα κοινωνικά και πολιτιστικά ζητήματα της κοινωνίας, ιδιαίτερα κατά της ενδοοικογενειακής βίας των γυναικών. Αυτή τη στιγμή κατοικεί στην Aluva με τον σύζυγό της (συνταξιούχος βοηθός διευθυντής). Έχει δύο παιδιά και τα δύο είναι παντρεμένα. Ο μεγαλύτερος γιος της εργάζεται ως μηχανικός στο Ηνωμένο Βασίλειο και η κόρη της, χειρουργός οδοντίατρος που ζει τώρα στο Μπανγκαλόρ.

www.ingramcontent.com/pod-product-compliance
Lightning Source LLC
LaVergne TN
LVHW041552070526
838199LV00046B/1922